中华古典文学选本丛书

杜甫诗选

张忠纲 选注

中華書局

图书在版编目(CIP)数据

杜甫诗选/张忠纲选注. —北京:中华书局,2023.6
(中华古典文学选本丛书)
ISBN 978-7-101-15760-4

Ⅰ.杜…　Ⅱ.张…　Ⅲ.杜诗-诗集　Ⅳ.I222.742

中国版本图书馆 CIP 数据核字(2022)第 099626 号

书　　名　杜甫诗选
选　　注　张忠纲
丛 书 名　中华古典文学选本丛书
责任编辑　陈　虎　李芃蓓
责任印制　陈丽娜
出版发行　中华书局
(北京市丰台区太平桥西里 38 号　100073)
http://www.zhbc.com.cn
E-mail:zhbc@zhbc.com.cn
印　　刷　大厂回族自治县彩虹印刷有限公司
版　　次　2023 年 6 月第 1 版
2023 年 6 月第 1 次印刷
规　　格　开本/880×1230 毫米　1/32
印张 8⅛　插页 2　字数 150 千字
印　　数　1-5000 册
国际书号　ISBN 978-7-101-15760-4
定　　价　36.00 元

前 言

杜甫(712—770),字子美,祖籍襄阳(今属湖北),生于巩县(今河南巩义)。十三世祖杜预,为魏晋间名臣,人号“杜武库”,自称有“《左传》癖”,著有《春秋左氏经传集解》等。曾祖依艺,为巩县令。祖父审言,为武后时著名诗人,官至膳部员外郎。父闲,曾任无功县尉、奉天县令、兖州司马。夫人杨氏,为司农少卿杨怡女。

杜甫早慧,七岁即能作诗,十四五岁时,即与文坛名士交往,受到他们的称许。十九岁时,出游郇瑕(今山西临猗)。二十岁时,漫游吴越,历时数年。开元二十三年(735),回故乡参加乡贡。二十四年,在洛阳参加进士考试,结果落第。其父杜闲时任兖州司马,遂赴兖州省亲,开始齐赵之游。开元二十九年前后,回洛阳,筑室首阳山下。约在此时,与杨氏结婚。天宝三载(744)四月,在洛阳与被唐玄宗赐金放还的李白相遇,两人相约为梁宋之游。之后,杜甫又到齐州(今山东济南)。四载秋,转赴兖州与李白相会,二人一同寻仙访道,谈诗论文,结下了“醉眠秋共被,携手日同行”的深厚友谊。秋末,二人相别,杜甫结束了“放荡齐赵间,裘马颇清狂”“快意八九年,西归到咸阳”的齐赵之游。

天宝六载(747),玄宗诏天下通一艺者到长安应试,杜甫也参加了。由于权相李林甫作梗,应试者全部落选。杜甫为实现自己的政治理想,不得不奔走权贵之门,投赠干谒,但毫无结果。天宝十载(751)正月,玄宗举行祭祀太清宫、太庙和天地的三大盛典,杜甫于九载冬预献"三大礼赋",得到玄宗的赏识,命待制集贤院,等候分配。但直到十四载(755),才得授一个河西尉的小官,不就,旋改右卫率府兵曹参军。十一月,往奉先省家,就长安十年的感受和沿途见闻,写成著名的《自京赴奉先县咏怀五百字》。因远祖杜预为京兆杜陵(今陕西西安东南)人,故自称"杜陵布衣""杜陵野老""杜陵野客"。困居长安时期,曾一度住在城南少陵附近,自称"少陵野老",世因称"杜少陵"。天宝十四载十一月,安史之乱爆发。明年六月,潼关失守,玄宗仓皇逃往成都。七月,太子李亨即位于灵武(今属宁夏),是为肃宗。这时,杜甫已将家搬到鄜州(今陕西富县)羌村避难,闻肃宗即位,即于八月只身北上,投奔灵武,不幸途中为叛军俘虏,押送长安。至德二载(757)四月,杜甫冒险由长安奔赴凤翔(今属陕西)行在。五月,被授为左拾遗,故世称"杜拾遗"。后因疏救房琯,触怒肃宗,诏三司推问,幸宰相张镐救免。闰八月,敕放鄜州省家,写了《北征》等诗。乾元元年(758)六月,贬华州司功参军,从此永远离开朝廷。

乾元元年冬,杜甫由华州赴洛阳。二年春,返华州,就沿途所见所感,写成著名的"三吏""三别";七月,弃官去秦州(今甘肃天水),开始了“漂泊西南天地间”的人生苦旅；十月，赴同谷（今甘肃成县）；年底，由同谷抵成都。上元元年（760）春，卜居西郊草堂。二年岁末，严武任成都尹兼剑南节度使，给予不少照顾。代宗宝应元年（762）七月，严武奉召入朝，杜甫送至绵州（今四川绵阳）。因剑南兵马使徐知道叛乱，被迫流寓梓州（今四川三台）、阆州（今四川阆中）。广德二年（764），召补京兆功曹参军，不赴。正月，严武再镇成都。六月，表荐杜甫为节度参谋、检校工部员外郎，故世又称“杜工部”。永泰元年（765）正月，退出幕府。四月，严武病逝，杜甫失去依靠，于五月离开成都乘舟东下，经嘉州（今四川乐山）、戎州（今四川宜宾）、渝州（今重庆）、忠州（今重庆忠县）至云安（今重庆云阳），次年暮春迁居夔州（今重庆奉节）。居夔近两年，写诗四百余首。大历三年（768）正月出三峡，经江陵、公安，暮冬抵岳阳。之后，诗人漂泊湖南，贫病交加，濒临绝境。大历五年冬，病死在湘江舟中，时年五十九岁。

杜甫出身于“奉儒守官”的家庭，受的是儒家正统教育，他的政治理想就是“致君尧舜上，再使风俗淳”。安史之乱后，他过着颠沛流离的困苦生活，亲身经历了国家深重的苦难，接近了广大劳苦群众，他的积极入世的儒家思想至死不衰。杜甫是原始儒家思想即孔孟思想的继承者和实践者。他阐释和恢复原始儒家道统的思想，远在韩愈之前。他继承和发扬了孟子的“大丈夫”精神，以天下为己任，忧国忧民，爱国爱民。杜甫忠君，但并非愚忠，他身历玄、肃、代三朝，对三代皇帝都有所讽喻和批评。他的疏救房琯，说明他是直臣，与愚忠无干。

杜甫崇高而深挚的爱国主义精神，深沉的忧国忧民的忧患意识，像一条红线一样贯穿于他坎坷的一生及其全部创作中。而他最可宝贵的，就是身处逆境，却情系国家，心想黎民，一颗爱国爱民、忧国忧民的赤子之心，从没有停止跳动。“朱门酒肉臭，路有冻死骨”，“穷年忧黎元，叹息肠内热”。他始终是把个人的命运与国家和百姓的命运紧紧联系在一起的。杜甫有着一颗仁慈的心，一副博大的胸襟。安史之乱前夕，他由长安往奉先探家，“入门闻号咷，幼子饿已卒”。而杜甫的伟大，恰恰是在自己惨遭不幸的情况下，他想到的却不只是自己一家的命运，而是天下的黎民众生，“默思失业徒，因念远戍卒”。这种己饥己溺的仁者胸怀，在他的许多诗中都有生动的体现。

可以说，杜甫对孔、孟所倡导的忧患意识、忠恕之道、仁爱精神、恻隐之心等等，都有深刻的理解，并身体力行之。而传诵千古的杜诗，就是这些思想生动形象的反映。所以后人多认为杜甫是儒者典范，往往把杜诗比作儒家经典。当然，在唐代以儒为主、佛道兼容的思想统治格局中，在颠沛流离的艰难岁月里，他也受到佛道思想的深刻影响。但深深依恋现实和关切民生的杜甫，终未成为和尚或道士。因此，说杜甫虽慕道而不溺仙、深通佛理而不佞佛，大致是不错的。

杜甫流传下来的作品，有诗1450多首，文、赋28篇。他生当李唐王朝由盛转衰的历史转折时期，而这一历史转折的界标，就是天宝十四载十一月爆发的安史之乱，当时他四十四岁。这就是说，杜甫一生，有四分之三时间是生活在所谓的“开天盛世”，而四分之一时间即最后 15 年,是在战乱漂泊中度过的。盛世的熏陶和战乱的体验形成强烈的反差,而这巨大的反差却造就了伟大的诗人,杜甫正是用如椽之笔,广泛而深刻地反映了安史之乱前后唐朝社会生活的巨大变化,内容极其广泛,涉及社会生活的各个方面,大到军国大事、帝王将相,小到个人琐事、生活情趣;也反映了唐代文化的各个方面,如绘画、舞蹈、书法、音乐等。一部杜诗,是他自己的一部自传,也是他生活的那个时代的忠实记录,故被誉为“诗史”。他以诗写时事,如《洗兵马》《三绝句》等;以诗发议论,如《戏为六绝句》《偶题》等;以诗写人物传记,如《八哀诗》等;以诗写传奇,如《义鹘行》等;以诗写奏议,如《塞芦子》等;以诗写赠序,如《奉赠韦左丞丈二十二韵》等;以诗写书札,如《萧八明府实处觅桃栽》等;以诗写自传,如《壮游》《遣怀》等;以诗写游记,如《游何将军山林十首》《渼陂行》等;至于咏物抒怀之作,更是比比皆是。在杜甫手中,诗差不多成了万能的工具,把诗的表现功能发挥到了极致。

由于杜甫具有深厚的文化修养、深刻的社会体验和广阔的观察视野,“不薄今人爱古人”,“转益多师是汝师”,对中国传统文化采取广收博取的开明态度,加之“诗是吾家事”的家学传统,使他对诗有着一种超人的执著精神,“为人性僻耽佳句,语不惊人死不休”,他简直是视诗为生命的。正因如此,杜甫不仅使诗的题材和体裁范围空前扩大,达到了无事不可言、无意不可入的程度,而且使诗歌艺术达到了出神入化、登峰造极的境地,故被尊为“诗圣”。杜甫对中国诗歌的贡献,不仅仅是“集大成”，更重要的是对诗歌的创新，是在继承基础上的创新，是从内容到形式的全面创新。诗到杜甫为一大变，不仅表明中国诗歌史从浪漫转向写实的重大变化，而且以更加内在的社会政治与文化的转型以及士人社会地位的调整为背景，反映士人文化心理与时代文化精神的重大变化，以及随之而来审美范型的重大转变。清人陈廷焯说得好："诗至杜陵而圣，亦诗至杜陵而变。……昔人谓杜陵为诗中之秦始皇，亦是快论。"（《白雨斋词话》卷 7）“与古为化，化而能新”，可以概括杜甫对中国古典诗歌的贡献。宋初王禹偁《日长简仲咸》诗云“子美集开诗世界”，这是对杜诗价值判断的一次升华，在杜诗学史上具有划时代的意义。就诗歌演进的历程而言，所谓的杜甫“开诗世界”，就是昭示了诗歌由“唐韵”向“宋调”的转变。所以说，杜甫又是处在中国历史转折时期的一位继往开来的伟大诗人。

杜诗众体皆有，诸体兼擅，诸法俱备，为后世开无数法门。据浦起龙《读杜心解》统计，杜诗共 1458 首，其中五古 263 首，如《望岳》《自京赴奉先县咏怀五百字》《北征》《赠卫八处士》“三吏”“三别”《佳人》《梦李白二首》《遭田父泥饮美严中丞》等；七古 141 首，如《兵车行》《丽人行》《丹青引》《古柏行》《观公孙大娘弟子舞剑器行》等；五律 630 首，如《房兵曹胡马》《画鹰》《夜宴左氏庄》《春望》《月夜》《月夜忆舍弟》《天末怀李白》《春夜喜雨》《旅夜书怀》《登岳阳楼》等；七律 151 首，如《蜀相》《闻官军收河南河北》《登楼》《阁夜》《宿府》《又呈吴郎》《登高》等；五排 127 首，如《冬日洛城北谒玄元皇帝庙》《寄李十二白二十韵》《秋日夔府咏怀奉寄郑监李宾客一百韵》《风疾舟中伏枕书怀三十六韵》等；七排 8 首，如《清明二首》《岳麓山道林二寺行》等；五绝 31 首，如《八阵图》等；七绝 107 首，如《赠李白》《赠花卿》《江畔独步寻花七绝句》等。杜诗不仅名篇众多，而且富于创造，成为流传千古的艺术瑰宝。如《自京赴奉先县咏怀五百字》《北征》，向被誉为“古今绝唱”。而“即事名篇，无复依傍”的新题乐府，更是杜甫开创的一种新的诗歌体式，为中唐以后的新乐府树立了榜样。清王士禛认为：“七言古诗，诸公一调。唯杜甫横绝古今，同时大匠，无敢抗行。”（《居易录》卷 21）把杜甫的七言古诗奉为“千古标准”。律诗，特别是七律，更是成熟于杜甫。清钱良择《唐音审体·律诗七言四韵论》云：“七言律诗始于初唐咸亨、上元间，至开、宝而作者日出。少陵崛起，集汉魏六朝之大成，而融为今体，实千古律诗之极则。同时诸家所作，既不甚多，或对偶不能整齐，或平仄不相黏缀；上下百余年，止少陵一人独步而已。”明胡应麟就把杜甫的《登高》奉为“古今七言律第一”。杜甫又是拗体七律的创始者，如《白帝城最高楼》《白帝》等。他到夔州后写的一些长篇排律和联章诗，如《秋日夔府咏怀奉寄郑监李宾客一百韵》《诸将五首》《咏怀古迹五首》《秋兴八首》等，以独特的风貌，标志着他对这些诗体的创造、运用已达到全新境界。可以说，夔州时期，杜甫的诗艺已达到炉火纯青、出神入化的境地。杜诗，特别是律诗，可以说是从容于法度之中，而又变化于法度之外。他于法度中求变化，纵横变化中自有法度，使二者达到完美的统一。杜诗内容和形式的完美结合,所呈现出的主体风格是“沉郁顿挫”。所谓“沉郁顿挫”,是指杜诗内容上的博大精深、忧愤郁勃,形式上的波澜老成、顿挫变化,语言上的精练准确、含蓄蕴藉,从而形成了千汇万状、地负海涵、博大宏远、真气淋漓的美学风貌。

作为世界文化名人的杜甫,对中国文学产生了广泛而深远的影响。可以说,杜甫之后的一千多年,中国诗坛上的杰出诗人,几乎全都受他影响。中唐以后的元稹、白居易、张籍、王建、刘禹锡、韩愈、孟郊、贾岛、李贺、李商隐、杜牧、皮日休、陆龟蒙、韩偓、韦庄等,宋代的王禹偁、王安石、苏轼、黄庭坚、陈师道、陈与义、陆游、辛弃疾、文天祥等,金代的元好问等,明代的袁凯、李梦阳、郑善夫、陈子龙等,清代的钱谦益等,无不推尊杜甫、学习杜甫。杜甫是我国优秀传统文化的典型代表,他的诗歌,堪称中国古典诗歌的范本;他的人格,堪称中华民族文人品格的楷模;他的思想,堪称中华民族传统思想的精华。诗圣杜甫那种忧国忧民无已时、君圣民安死方休的崇高精神,在其后一千多年的历史中,特别是在中华民族国难深重、危亡在即的关键时刻,不知影响和鼓舞了多少仁人志士,为民族的振兴、国家的强盛、人民的幸福而英勇献身!宋末文天祥被囚元人狱中,至死不屈,集杜句成诗200首。他在《集杜诗·自序》中说:“凡吾意所欲言者,子美先为代言之。日玩之不置,但觉为吾诗,忘其为子美诗也。乃知子美非能自为诗,诗句自是人情性中语,烦子美道耳。子美于吾隔数百年,而其言语为吾用,非情性同哉!”抗日战争胜利后,钱来苏在《关于杜甫》一文中说:“他是我们中华民族历史上最有骨头的一个人。他在颠沛流亡、艰难困苦的环境中,甚至要穷死饿死的时候,还总是念念不忘国家。他的诗总是唤起朝野的人们赶快的把胡寇逐出中国去。他的诗集里表现民族气节、民族意识的作品,是很多的。”闻一多更称誉杜甫是我国“四千年文化中最庄严、最瑰丽、最永久的一道光彩”(《唐诗杂论·杜甫》)。继承和发扬杜甫留给我们的这份宝贵遗产,对传承文明,弘扬中华民族的优秀传统,提高民族自信心和凝聚力,对促进社会主义精神文明建设,繁荣社会主义文化事业和文艺创作,仍然具有重大的现实意义。

杜甫不仅是中国的,而且是世界的,他对世界文明作出的贡献是不可低估的,他被列入“世界文化名人”是当之无愧的。杜诗在唐代就传入日本,给日本文学以深远影响。日本著名汉学家铃木修次(1923—1989)的《杜甫》即云:“杜甫,虽然是古人,但他的作品,已超越时间,不断地给读者以新的刺激和感动。杜诗修辞艺术技巧,不仅给现在的中国诗人,也包括日本诗人以很大影响。杜甫苦心经营语言、观察事物之精细,令人吃惊。杜甫是超越时间、具有永恒价值的诗人。以‘诗圣’名杜甫,不限于中国风土与历史,即使从全世界角度看,也同样如此。”杜诗很早也传入朝鲜半岛。高丽时期著名学者、诗人李仁老(1152—1220)在《破闲集》卷中说:“自《雅》缺《风》亡,诗人皆推杜子美为独步,岂唯立语精硬、刮尽天地菁华而已。虽在一饭,未尝忘君,毅然忠义之节,根于中而发于外,句句无非稷、契口中流出,读之足以使懦夫有立志,玲珑其声,其质玉乎?盖是也。”韩国当代著名杜甫研究专家李丙畴说："目前大约有12个国家用不同的语言对杜诗进行过翻译，参加过注释的就有千人。朝鲜在1481年刊印的《杜诗谚解》，恐怕是世界上最早的一部译作。世宗二十五年（1443），对当时最高级的学者进行了总动员，从开始翻译，前后苦干了40年，比日译本早300年。"又说："朝鲜实行科举制度的时候，有40%的题目出自杜诗，故不读杜诗者休想入科举之门。"（高光植《杜诗研究三十载——南朝鲜杜诗研究者李丙畴一席谈》，《国外社会科学》1988年第5期）杜甫及其诗歌在欧美地区亦影响颇大。美国著名诗人、唐诗研究专家肯尼斯·鲁克斯罗斯（Kenneth Rexroth, 汉名王红公）是杜甫的忠实信徒和崇拜者，他曾说："杜诗对我影响之巨，无人能比。我认为，杜甫是有史以来最伟大的诗人。在某些方面，杜甫可超越莎士比亚或荷马，其诗作更为自然，更为亲切。"研究杜甫，对促进国际文化交流，传布中华文明，拯救当前人类面临的精神危机和道德危机，提高中华民族的国际影响力，增强民族自豪感，都有不可低估的作用。所以，在今天，我们仍然需要杜甫。

《旧唐书·文苑列传下·杜甫传》和《新唐书·艺文志四》都记载《杜甫集》六十卷，唐代宗大历年间，樊晃编有《杜工部小集》六卷，惜都不存。据不完全统计，自唐迄于清末，见于著录的各类杜集，有八百多种，流传至今的三百多种。唐以后，有两次注杜高潮：一为两宋时期，号称"千家注杜"。今传杜集最早者为北宋王洙、王琪编定，裴煜补遗的《杜工部集》二十卷。此后杜集补遗、增校、注释、批点、集注、编年、分体、分类、分韵之作，皆祖此本。南宋最著者，有郭知达辑《新刊校定集注杜诗》（又称《九家集注杜诗》），蔡梦弼会笺《杜工部草堂诗笺》，黄希、黄鹤补注《黄氏补千家集注杜工部诗史》，而最有价值的是赵次公撰《新定杜工部古诗近体诗先后并解》，此本仅存明抄残本二十六卷，全本则有今人林继中辑校《杜诗赵次公先后解辑校》。二为明末清初时期。主要评注本有王嗣奭撰《杜臆》、钱谦益撰《钱注杜诗》、朱鹤龄撰《杜工部诗集辑注》、仇兆鳌撰《杜诗详注》、浦起龙撰《读杜心解》、杨伦撰《杜诗镜铨》等。五四运动以后，在新的时代背景下，虽历经曲折，但杜甫仍受到人们的青睐。许多学者开始用新的方法研究杜甫，取得了可喜的成就。冯至的《杜甫传》、洪业的《杜甫：中国最伟大的诗人》、傅庚生的《杜甫诗论》、萧涤非的《杜甫研究》等，可谓代表作。研究资料则有中华书局出版的《杜甫研究论文集》与《古典文学研究资料汇编·杜甫卷》上编（唐宋之部）等。年谱有闻一多编《少陵先生年谱会笺》、四川省文史研究馆编《杜甫年谱》等。

20世纪70年代末以来，中国又蓬勃兴起一股杜甫研究热。据不完全统计，迄今为止，已出版有关杜甫的各类著作三四百部（包括台湾、香港地区），发表论文近万篇，数量之多，稳居唐代诗人之冠，可见研究之深广与热烈。朱东润的《杜甫叙论》、陈贻焮的《杜甫评传》、莫砺锋的《杜甫评传》、简锦松的《杜甫夔州诗现地研究》、谢思炜的《杜甫集校注》等，颇多创获。特别是萧涤非主编、张忠纲终审统稿的《杜甫全集校注》的出版，在杜甫研究史上具有里程碑意义，标志着杜甫研究达到了一个新的高峰，被誉为“当代集部整理的典范之作”。

本书共选杜诗 81 题 100 首，杜诗原文以中华书局 1979 年出版的仇兆鳌撰《杜诗详注》为底本，参校他本，择善而从，不出校记。书中错讹之处，敬祈读者批评指正。

张忠纲

2022 年 5 月

目录

望 岳

岱宗夫如何[1]？齐鲁青未了[2]。
造化钟神秀[3]，阴阳割昏晓[4]。
荡胸生层云，决眦入归鸟[5]。
会当凌绝顶，一览众山小[6]！

开元二十四年(736)，应试落第的杜甫开始了“放荡齐赵间，裘马颇清狂”的漫游生活。其父杜闲，时为兖州司马。省亲漫游，可谓一举两得。这首诗即是他这次漫游时所作。题为“望岳”，全诗即着力突出一个“望”字，句句是望，望岳之色，望岳之情，充溢于字里行间。诗用四层写意：首联远望之色，次联近望之势，三联细望之景，末联极望之情。由远及近，层次分明，境界高远，寓意深刻。整诗既生动地描绘了泰山的巍峨雄姿和壮阔景象，更突出地表现了青年诗人的广阔胸怀和远大抱负。

1　岱宗：泰山别称。在今山东省中部，主峰玉皇顶在泰安市北，海拔1545米。夫：指代词，即实指岱宗而言。

2　齐鲁：周代两大诸侯国名，并在今山东境内。齐在泰山之北，鲁在泰山之南。青：指山色。未了：没有尽头。

3　造化：谓天地，大自然。钟：聚。神秀：神奇峻秀。

4　阴：指山北。阳：指山南。割：分。山南向阳，故天色晓；山北背阴，故日色昏。一山之隔，判若昏晓，可见泰山之高大。

5　决：裂开。眦(zì)：眼角。

6　会当：定当，表示心所预期。凌：登临。绝顶：最高峰。众山小：化用《孟子·尽心上》"孔子登东山而小鲁，登泰山而小天下"意。

房兵曹胡马[1]

胡马大宛名[2]，锋棱瘦骨成[3]。
竹批双耳峻[4]，风入四蹄轻[5]。
所向无空阔，真堪托死生[6]。
骁腾有如此，万里可横行[7]。

此诗大约作于开元末年。诗中称赞房兵曹的大宛胡马神骏异常，堪托生死。这种骁腾万里的龙马精神，也是杜甫人格的绝好写照。

1 兵曹：兵曹参军事的省称。唐代诸州府置兵曹参军事（下州不置），掌武官选举、兵器甲仗、门卫、烽候、驿传等事。诸卫诸军、东宫诸率府及诸王府亦置此官。胡马：泛指当时西域地区所产的马。

2 大宛（yuān）：汉代西域国名，其地在今乌兹别克斯坦共和国境内，盛产良马。胡中良马，无如产自大宛者，故曰“大宛名”。

3 锋棱：形容胡马神旺气锐。

4 “竹批”句：形容马之双耳像削过的竹筒。批，削。峻，尖锐。

5 “风入”句：形容马在奔驰时四蹄轻快，犹如风驰电掣一般。

6　无空阔：意为不知有空阔，极言马之善走。堪：胜任。托死生：意谓此马可使人临危脱险，化险为夷。二句极写胡马的气概和品质。

7　“骁腾”二句意谓房兵曹乘此良马，即可立功于万里之外。骁腾，骁勇飞腾。

画 鹰

素练风霜起[1]，苍鹰画作殊[2]。
㧐身思狡兔[3]，侧目似愁胡[4]。
绦镟光堪摘[5]，轩楹势可呼[6]。
何当击凡鸟[7]，毛血洒平芜[8]。

这是一首题画诗，大约作于开元末年。作者通过描摹画中苍鹰的威猛姿态和跃跃欲试的神情，因画及真，抒发了诗人自负不凡、痛恶庸碌的壮志豪情。笔力矫健，有龙跳虎卧之势，其疾恶如仇、愤郁不平之气，喷薄欲出。

1　素练：画鹰所用白绢。风霜：形容画鹰神态威猛如挟风霜。首句五字，鹰之猛鸷、画之神采俱现。

2　作：创作。殊：殊异，谓画得特别出色。

3　㧐（sǒng）身：犹竦身，有所思貌。思狡兔：想要攫取狡兔。

4　侧目：侧目而视，即斜视。似愁胡：形容鹰的眼睛色碧而锐利。因胡人（指西域人）碧眼，故以为喻。愁胡，指发愁时的胡人。

5　绦（tāo）：丝绳，指系鹰的绳子。镟（xuàn）：金属转轴，指鹰绳另一端所系的金属环。光堪摘：言绦镟之色鲜明可爱。

堪,可以。此句极言鹰饰之美。

6　轩楹:堂前廊柱,指画鹰所在地点。势可呼:样子似乎可以呼之去打猎。

7　何当:应当。凡鸟:平凡的鸟。

8　平芜:荒原。

夜宴左氏庄

风林纤月落，衣露净琴张[1]。
暗水流花径，春星带草堂[2]。
检书烧烛短，看剑引杯长[3]。
诗罢闻吴咏，扁舟意不忘[4]。

此诗当为天宝初年（743—744）作。写夜宴庄园情景，鼓琴看剑，检书赋诗，生平乐事无不具。风林初月，夜露春星，暗水花径，草堂扁舟，天文地理，重叠铺叙，浑然不见痕迹。寄兴闲远，状景纤悉，写情浓至，开阖参错，用意精绝。

1　纤月：初生之月。衣露：衣为夜露所湿。净琴：琴音清，故云。张：弹琴。

2　暗水：月落后，但闻水声潺潺而不见形影，故云“暗水”。带：映带。因月落而星光增辉，映带草堂。

3　检书：检阅书籍。因时间久，故“烧烛短”。长：深长。引杯长：即喝满杯，所谓“引满”。检书、看剑，正写春夜雅兴。

4　诗罢：诗成，即指此诗。吴咏：用吴音吟诗。吴，今江浙一带。扁舟：小船。杜甫早年曾漫游吴越，今闻吴咏，遂忆旧游，故曰“意不忘”。

赠李白

秋来相顾尚飘蓬[1]，未就丹砂愧葛洪[2]。
痛饮狂歌空度日，飞扬跋扈为谁雄[3]。

天宝四载(745)秋,杜甫与李白在鲁郡(今山东兖州)相别,遂作此诗以赠。李白诗集中也有《鲁郡东石门送杜二甫》诗,当为同时之作。杜甫诗自叹失意浪游,而惜白怀才不遇。既是对李白的规诫,亦含自警之意。

1 相顾:犹见顾。飘蓬:随风飘转不定的蓬草,常喻人之流离漂泊。时李、杜二人皆浪迹山东,故以飘蓬为比。

2 就:炼成。丹砂:即朱砂,炼丹所用药。葛洪:自号抱朴子,东晋道教理论家、炼丹术家,曾在罗浮山炼丹,积年而卒,人以为尸解。此句是说李白虽喜好炼丹,却没炼成,实有愧于葛洪。时李白已正式成为道教徒。

3 空度日:虚度年华。飞扬跋扈:不守常规,狂放不羁。李白嗜酒且好借酒浇愁,故云“痛饮狂歌”;又喜击剑,好任侠,故云“飞扬跋扈”。李白才华横溢,胸怀“使海县清一,寰区大定”之志,却未获大用,故云“空度日”“为谁雄”。两句相对,且句中自对,颇具流动之美。

春日忆李白

白也诗无敌，飘然思不群[1]。
清新庾开府，俊逸鲍参军[2]。
渭北春天树，江东日暮云[3]。
何时一樽酒，重与细论文[4]。

天宝四载(745)秋，杜甫与李白相别于山东兖州。不久，李白去江东漫游，杜甫赴长安求仕。这首诗是天宝五载春，杜甫在长安怀念李白而作。上四句，盛赞李白诗才；下四句，抒发对李白的深切怀念。结构谨严，情深意挚，全诗始终贯穿一个“忆”字。把对李白其人的深切怀念与对李白其诗的倾慕赞扬，水乳交融在一起。而对李白的怀念，又突出了一个“诗”字。由盛赞其诗始，以渴望“重与细论文”终，承接紧密，前后呼应，转折自然，情景相生，达到了出神入化的境地。

1 飘然：高超之意。思：指才思。不群：不同于一般人。谓白才思超群。二句对仗工巧。“白也”对“飘然”，白是人名，飘是风名，自可对偶。又连用也、无、然、不四个虚词，摇曳生姿，遂使“诗仙”李白的形象活灵活现地呈现在读者面前。

2　清新：自然新鲜，力避陈腐。俊逸：飘逸洒脱，不同凡俗。庾开府：即庾信，字子山。南朝梁代著名诗人，后入北周，官至骠骑大将军、开府仪同三司，故称“庾开府”。鲍参军：即鲍照，字明远。南朝刘宋时著名诗人，曾为前军参军、掌书记之任，故称“鲍参军”。二句以兼擅庾、鲍之长盛赞李白之诗。

3　渭北：渭水之北，借指长安一带，为杜甫所在地。江东：泛指长江以东地区，即今江苏南部与浙江北部一带，为李白当时所在地。二句互文见义，寓情于景，写二人天各一方，彼此都深怀思念之情。

4　樽：酒器。论文：即论诗。六朝以来，有所谓文笔之分，而通谓诗为文。李杜同游齐鲁时，曾互相讨论作诗的甘苦心得，今别后追思，倍加神往。一个“重”字，隐含以前已相与论过；一个“细”字，暗示别后另有所悟，亟思重与论之。

饮中八仙歌

知章骑马似乘船[1]，眼花落井水底眠[2]。
汝阳三斗始朝天[3]，道逢曲车口流涎[4]，
恨不移封向酒泉[5]。
左相日兴费万钱[6]，饮如长鲸吸百川，
衔杯乐圣称避贤[7]。
宗之潇洒美少年[8]，举觞白眼望青天[9]，
皎如玉树临风前[10]。
苏晋长斋绣佛前[11]，醉中往往爱逃禅[12]。
李白一斗诗百篇，长安市上酒家眠。
天子呼来不上船，自称臣是酒中仙[13]。
张旭三杯草圣传，脱帽露顶王公前，
挥毫落纸如云烟[14]。
焦遂五斗方卓然，高谈雄辩惊四筵[15]。

盛唐的贺知章、李琎、李适之、崔宗之、苏晋、李白、张旭、焦遂等八人，均以豪饮著称，故戏题为“饮中八仙”。据新、旧《唐书·李适之传》及《玄宗纪》，适之罢相在玄宗天宝五载（746）四月，则此诗最早亦必作于此后，时杜甫初至长安。全诗借用汉代品评人物的谣谚形式来写歌行，结构特别，句句押

韵，一韵到底，且多押重韵，前后没有起结；内容并列地分写八个人，笔墨多寡不一，八人醉态各具特点，但都性格鲜明，如中国画中的条幅。杜甫写饮中八仙，强调的是他们的高迈绝尘之气。而于八仙中尤为突出李白，着墨独多，故吴瞻泰说："通篇只李白点一'仙'字，而又从对天子口中说出，明于八仙中推尊李白，是又公用意所在。"（《杜诗提要》卷 5）

1　知章：即贺知章，自号四明狂客，嗜酒，性放达。似乘船：形容他骑在马上的醉态，摇摇晃晃。

2　眼花：醉眼昏花。

3　汝阳：汝阳王李琎，唐玄宗的侄子。杜甫居长安时，做过他家的宾客。朝天：朝见天子，入朝。

4　曲车：酒车。涎（xián）：口水。

5　移封：改换封地。酒泉：郡名，即今甘肃酒泉，传说城下有泉，其味如酒，故名。

6　左相：李适之。天宝元年（742）任左丞相，天宝五载四月，为李林甫排斥而罢相，七月贬为宜春太守，到任后服毒而死。

7　"衔杯"句：李适之罢相后，曾赋诗云："避贤初罢相，乐圣且衔杯。为问门前客，今朝几个来？"乐圣，嗜酒。古称酒之清者为"圣人"，酒之浊者为"贤人"。

8　宗之：崔宗之，开元初吏部尚书崔日用之子，官右司郎中，与李白交情深厚。潇洒：洒脱无拘束。

9 觞(shāng)：酒杯。白眼：《晋书·阮籍传》："籍又能为青白眼(黑白眼)，见礼俗之士，以白眼对之。"这里借用以写崔宗之兀傲不羁的气质。

10 玉树临风：形容醉后摇曳之态。宗之潇洒，风姿秀美，故以玉树为喻。

11 苏晋：开元年间，任户部、吏部侍郎，太子左庶子。开元二十二年(734)卒。长斋：长期斋戒。绣佛：用彩色丝线绣成的佛像。

12 逃禅：有两义，一是逃出禅戒，一是遁世而参禅。此处指前者，"逃"有背离意。

13 "李白一斗"四句：写李白饮起酒来，才思敏捷，酒醉之后，连皇帝也不放在眼里。据记载，李白初至长安，玄宗召见，赐食，亲为调羹。有诏供奉翰林，李白尚与饮徒醉于市。又说，玄宗泛舟白莲池，召李白前来助兴，时白酣醉于翰林院，高力士扶以登舟。李白嗜酒，时人号为"醉圣"。这四句集中刻画醉中李白形象：斗酒百篇，言其才思敏捷；眠于长安酒家，言其豪迈不拘于俗；天子呼不上船，言其醉甚，须扶之也；酒中仙，即酒仙，言其嗜酒如命——醉中的李白，既具"酒神"精神，又有傲岸风骨，是一个不可多得的形象。

14 张旭：著名书法家，善草书，有"草圣"之称。《新唐书·张旭传》:“旭,苏州吴人。嗜酒,每大醉,呼叫狂走,乃下笔,或以头濡墨而书,既醒自视,以为神,不可复得也,世呼‘张颠’。”李颀《赠张旭》:“露顶据胡床,长叫三五声。兴来洒素壁,挥笔如流星。”

15　焦遂:当时善饮者。卓然:神采焕发貌。惊四筵:使四座的人为之惊叹。筵席分四面而坐,故称“四筵”。

高都护骢马行[1]

安西都护胡青骢[2]，声价欻然来向东[3]。
此马临阵久无敌，与人一心成大功[4]。
功成惠养随所致[5]，飘飘远自流沙至[6]。
雄姿未受伏枥恩，猛气犹思战场利[7]。
腕促蹄高如踣铁[8]，交河几蹴曾冰裂[9]。
五花散作云满身[10]，万里方看汗流血[11]。
长安壮儿不敢骑，走过掣电倾城知[12]。
青丝络头为君老，何由却出横门道[13]？

此诗赞骢马立功沙场，品格卓异，志向高远。“雄姿未受伏枥恩，猛气犹思战场利”，大有“老骥伏枥，志在千里”之概。诗借马喻人，既颂扬高仙芝，又寄寓了自己抱负难展的感慨。咏马如人，正写侧写，笔笔精悍。妙在句句赞马，却句句赞英雄。

1　高都护：即高仙芝，开元末曾为安西副都护。都护，官名。唐在边疆地区置六大都护府。安西大都护府，设于唐太宗贞观十四年（640）。天宝六载（747），高仙芝破小勃律（唐时西域国名，其地在今帕米尔以南）。八载，奉诏入京，杜甫为作此诗。

2 胡青骢：西域的青骢马。马青白色曰骢。

3 欻（xū）然：突然。来向东：谓胡青骢从西而来东。

4 与人一心：意思是说骢马随主人心意而尽力奔驰。成大功：指高仙芝破小勃律，立功疆场。二句赞骢马驰骋疆场之英姿及助高仙芝成就大功的高德。“久无敌”，现其英姿；“与人一心成大功”，将其拟人化，扬其节操，正所谓“真堪托死生”者。二句人马夹写，神采奕然。

5 惠养：恩养。随所致：随都护之所致，谓生死以之也。

6 流沙：泛指我国西北沙漠地区。《汉书·礼乐志》载《天马歌》：“天马来，从西极。涉流沙，九夷服。”

7 “雄姿”二句，谓骢马不屑伏枥饱粟，尚想驰骋战场以建功立业。未受，不愿意接受。伏枥，伏槽枥而秣之。枥，马槽。

8 腕促蹄高：这是良马的特征。《相马经》：“马腕欲促，促则健；蹄欲高，高耐险峻。”踣（bó）铁：谓马蹄坚硬，踏地如铁。踣，踏。

9 交河：古河名。在今新疆吐鲁番市境内。因河水流经此处为河中小岛分开后又合流，故称。蹴：踏。曾：通“层”，积也。

10 五花：谓马毛色斑驳。云满身：身如云锦。

11 “万里”句：极写骢马的才力，奔驰万里，方见流汗。汉代西域大宛国产汗血马，因汗流如血，故称。此汗血之姿，非万里无以见之，故云“万里方看”。

12 掣（chè）电：闪电，言马行迅捷。

13 青丝络头：用青丝做的马笼头。何由却出：即如何方能出去作战之意。横（guāng）门：长安城北面西头第一门，门外有桥曰横桥，自横桥渡渭水而西，即是通往西域的大道。二句写骢马不愿过养尊处优的生活，仍思去西北战场立功。两句谓此“壮儿不敢骑”的汗血马，却出横门道，一方面展示骢马的忠心，即“为君老”，寄寓为知己者死的情怀；一方面展示骢马的雄心，即“却出横门道”，再驰骋沙场，寄寓“老骥伏枥，志在千里”的渴望。

兵车行

车辚辚[1]，马萧萧[2]，行人弓箭各在腰[3]。
耶娘妻子走相送[4]，尘埃不见咸阳桥[5]。
牵衣顿足拦道哭，哭声直上干云霄[6]。
道旁过者问行人[7]，行人但云点行频[8]。
或从十五北防河，便至四十西营田[9]。
去时里正与裹头[10]，归来头白还戍边。
边庭流血成海水[11]，武皇开边意未已[12]。
君不闻汉家山东二百州[13]，
千村万落生荆杞[14]。
纵有健妇把锄犁，禾生陇亩无东西。
况复秦兵耐苦战[15]，被驱不异犬与鸡。
长者虽有问[16]，役夫敢伸恨[17]？
且如今年冬，未休关西卒[18]。
县官急索租[19]，租税从何出？
信知生男恶，反是生女好[20]。
生女犹得嫁比邻[21]，生男埋没随百草。
君不见青海头[22]，古来白骨无人收。
新鬼烦冤旧鬼哭，天阴雨湿声啾啾[23]。

史载，玄宗天宝十载（751）四月，剑南节度使鲜于仲通率兵六万讨南诏（今云南一带），全军陷没。杨国忠掩其败状，又遣御史分道捕人，连枷强征入伍。于是行者愁怨，父母妻子送之，所在哭声震野。又玄宗连年用兵吐蕃，死伤甚众。杜甫亲见征人服役惨状，遂作此诗。《兵车行》是杜甫即事名篇的新题乐府。诗纯用客观叙述的表现手法，设为问答之词，真实而深刻地揭露了穷兵黩武政策给人民带来的深重苦难。全诗摹写真切，句法错综，抑扬顿挫，惊心动魄，悲愤之情溢于言表，读来催人泪下。

1 辚辚（lín）：众车声。

2 萧萧：马长嘶声。

3 行人：出征之人，唐人诗中亦称征人，即后所云“役夫”。

4 耶：通“爷”。

5 咸阳桥：在咸阳西南渭水上，汉时名便桥。

6 干：冲犯。此句犹言哭声震天。

7 过者：过路人，实即杜甫自己。

8 点行：即按丁籍强制征调。频：频繁，指下“防河”“营田”等事。按，“但云”以下，皆行人答语。借问答，就行人口中说出苦情。

9 十五、四十，皆指年龄言。防河：是时吐蕃侵扰河右，曾征召陇右、河西、关中、朔方诸军防秋，故云“防河”。营田：屯田。无事则耕，有事则战，寓兵于农。《新唐书·食货志三》：“开军府以捍要冲，因隙地以置营田，天下屯总九百九十二。”

10　里正：唐以百户为里，每里设正一人，负责里中事务。裹头：古以皂罗三尺裹头，曰头巾。因年小从军，故里正为之裹头。按：唐之丁中制，人有黄、小、中、丁之分。开元二十六年，诏民三岁以下为黄，十五以下为小，二十以下为中。天宝三载，更民十八以上为中男，二十三以上成丁。诗言十五防河，是当时兵役征发，已及于丁、中以下十五岁之少年。

11　边庭：边疆，边境。

12　武皇：本指汉武帝。武帝喜开边，唐玄宗亦好开边，犹似武帝，当时不便直斥，故比之武帝。唐人多如此。意未已：意犹未尽，指一味穷兵黩武。

13　山东：指崤山或华山以东。亦称关东，因在函谷关以东。二百州：唐分辖区为十道，关以东七道，凡二百一十一州。

14　落：人聚居之地。荆杞：因连年战争，兵乱地荒，遂尽生荆棘枸杞。

15　秦兵：即关中之兵。耐苦战：即能苦战。

16　长者：行人对杜甫之尊称。

17　敢伸恨：不敢申说怨恨，即所谓“敢怒而不敢言”。敢，岂敢。

18　关西：指函谷关以西。诗前言“山东”，后言“关西”，表明无处不用兵。

19 县官:指朝廷,亦专指皇帝。《史记》司马贞《索隐》:“县官,谓天子也。所以谓国家为县官者,夏官王畿内县即国都也。王者官天下,故曰县官也。”

20 信知:诚知。据传秦始皇使蒙恬筑长城,死者相属,当时民歌曰:“生男慎勿举,生女哺用铺。不见长城下,尸骸相支拄。”又有民歌云:“生男无喜,生女无怒,独不见卫子夫霸天下。”二句本此。

21 比邻:犹近邻。邻为当时基层组织单位之一。唐时四家为邻,五邻为保。

22 青海:古名鲜水、西海,北魏时始名青海,在今青海省境内。唐高宗龙朔三年,青海为吐蕃所并。玄宗开元中,先后命将破吐蕃,皆在青海西,死者甚众。天宝间,哥舒翰攻吐蕃石堡城,拔之,唐士卒死者数万。故下云“新鬼”“旧鬼”。

23 啾啾:凄厉的哭叫声。

前出塞九首(选四)

其一

戚戚去故里，悠悠赴交河[1]。
公家有程期，亡命婴祸罗[2]。
君已富土境，开边一何多[3]！
弃绝父母恩，吞声行负戈[4]。

《出塞》，为汉乐府横吹曲名。杜甫用此旧题来写时事，先后写了两组诗，因这组诗在前，故题曰“前出塞”。这组诗大约作于天宝十载(751)前后。诗用第一人称写法，通过一个战士戍边十年的亲身感受，反映了被征从军的艰苦，抨击了玄宗穷兵黩武的开边政策，歌颂了戍边战士的爱国主义精神。整组诗前后连贯，浑然一体。这里选的是第一、二、三、六首。第一首写战士初别家乡远戍的情景。

1 戚戚：愁苦貌。去：离开。故里：故乡。悠悠：遥远貌。交河：唐贞观十四年置安西都护府，治交河城，在今新疆吐鲁番市西北。

2 “公家”二句：是说官家规定了行军期限，逃跑要受到法律的惩治。当时实行“府兵制”，士兵有户籍，逃跑则会连累父母妻子。公家，犹官家。程期，行程期限。亡命，脱名籍而逃亡。婴，触犯。祸罗，法网。

3　君：皇帝，此指玄宗。开边：发动边境战争。一何：何其，多么。

4　父母恩：指父母养育之恩。吞声：声将发而强止之，犹忍泣。

其　二

出门日已远，不受徒旅欺[1]。
骨肉恩岂断？男儿死无时[2]。
走马脱辔头，手中挑青丝。
捷下万仞冈，俯身试搴旗[3]。

这首诗写行军途中，生命随时不保，战士索性豁出性命，加强训练，视死如归。

1　“出门”二句：是说离家日久，已习惯了军旅生活，故不再受伙伴的欺负。徒旅，军中伙伴。

2　骨肉恩：即前首所说“父母恩”。死无时：时时可死。

3　走马：即跑马。脱：去掉。辔头：马络头。青丝：马缰。捷下：飞驰而下。万仞：极言其高。仞，古代以八尺为一仞，一说七尺。搴：拔取。以上四句描写出征战士在训练中的冒险和无畏：骑马奔驰不用络头，信手挑着马缰，从高冈上飞驰而下，练习俯身拔取军旗，一副视死如归气概。

其　三

磨刀呜咽水，水赤刃伤手。
欲轻肠断声，心绪乱已久[1]。
丈夫誓许国，愤惋复何有[2]？
功名图麒麟，战骨当速朽[3]。

这首诗写途中心绪的烦乱，时而低沉，时而高亢。强以慷慨自励抑制悲伤，更见其沉痛。最后四句，语似壮而情实悲，正所谓“口中句句是硬语，眼中点点是血泪”。

1　呜咽水：指陇头水。乐府歌辞：“陇头流水，鸣声幽咽。遥望秦川，肝肠断绝。”轻：轻忽，不在意。肠断声：即指呜咽的陇头水声。四句意谓本不欲以此呜咽之声搅动乡愁，无奈心乱已久，故闻水声触耳，不觉慌乱而伤手。初尚不知，及见水赤才发觉。刻画入微，无限沉痛。

2　丈夫：征夫自谓，犹言男儿。誓许国：誓死以身报国。愤惋：悲愤惋惜。

3　“功名”二句：意谓只要立功图像，战死也是值得的。图，画图，这里作动词用。麒麟，指麒麟阁。《汉书·苏武传》载，汉宣帝曾命人把霍光、苏武等十一人的像画于麒麟阁上，以示褒扬功臣。后遂以图像麒麟阁为建功立业之代称。战骨当速朽，“当”字隐含无限悲愤。

其　六

挽弓当挽强，用箭当用长。
射人先射马，擒贼先擒王[1]。
杀人亦有限，立国自有疆[2]。
苟能制侵陵，岂在多杀伤[3]！

这首诗借戍卒之口，发表反对穷兵黩武和兴兵滥杀的大道理。诗纯为议论，表达了作者对于战争目的和民族关系等重大问题的见解与思考，指出战争的目的是制止侵略，而不在肆意杀戮。其揭示的普遍意义，远远超出了当时所针对的开边战争。

1　挽弓：拉弓。强：指硬弓。前四句，意思是说拉弓要拉强弓，用箭当用长箭。马倒则人束手就擒，所以要先射马；贼首就擒则贼众自散，所以要先擒王。四语似谣似谚，最是乐府妙境。

2 限：限度。疆：疆界。二句谓杀伤应有个限度，应尽量避免滥杀无辜，尊重各国疆界，不要随意开边，挑起战端。

3 苟：假如，如果。制侵陵：制止侵略。二句谓如果能够制止侵略，又何必大肆杀戮呢（只要“擒贼先擒王”就行了）！

曲江三章章五句

其　一

曲江萧条秋气高，菱荷枯折随风涛[1]，
游子空嗟垂二毛[2]。
白石素沙亦相荡，哀鸿独叫求其曹[3]。

杜甫于天宝九载(750)冬预献“三大礼赋”,得到玄宗赏识,命待制集贤院,但久不授职。因仕途失意,秋游曲江,遂作此以遣闷。此诗大约作于天宝十载(751)或十一载秋。这是一种每首五句的七言诗体,都在第三句上作顿,是杜甫的创体。

第一章借曲江萧条秋景,抒发孤独不遇的悲哀。首尾四句写景,只中间一句写人。而这人,正是作者自己。作者独自一人孑立于曲江之畔,面对如此萧条凄清的深秋景色,时闻孤鸿哀鸣,益增身世孤独之感。古人常以雁行喻兄弟,末句“哀鸿独叫求其曹”,正是作者与其兄弟离散而孤独悲伤的形象写照,又与第二首末句“弟侄何伤泪如雨”遥相呼应,遂引起第二首。

1　曲江:即曲江池,在长安东南。萧条:寂寥冷落。二句写秋气肃杀，风涛所至，菱荷枯折，正是萧条景象。

2 游子：杜甫自谓。垂二毛：年将老意。二毛，头发斑白。

3 白石素沙：即净石白沙。相荡：谓白石素沙在水中相荡磨。哀鸿：孤雁哀鸣。曹：同类。二句谓曲江秋景萧条，不独菱荷枯折，引人嗟叹，即此白石素沙，亦复感荡人情。

其二

即事非今亦非古[1]，长歌激越捎林莽[2]，
比屋豪华固难数[3]。
吾人甘作心似灰，弟侄何伤泪如雨[4]。

第二章长歌当哭，将人之富贵豪华与己之心灰意冷作强烈对比。语似旷达，实则郁愤不平。“甘作心似灰”，实则不甘也。

1 即事：眼前事物。后因称以当前事物为题材的诗为即事诗。即事吟诗，随物抒怀，体杂古今，其五句成章，有似古体，七言成句，又似今体，所以说“非今亦非古”。

2 长歌：连章叠歌之意。激越：歌声浑厚高亢。捎：摧折。林莽：丛生的草木。此句意谓长歌当哭，悲愤激烈，声震草木。

3 比屋豪华：形容富贵豪宅之多。比，相接连。此句谓曲江池畔，豪华宅第鳞次栉比，难以计数。

4 吾人：犹我辈，指杜甫自己。心似灰：语出《庄子·齐物论》："形固可使如槁木，而心固可使如死灰乎？"何伤：为何伤心。二句是说己意本不在富贵，故能甘心灰冷，弟侄辈又何必为我伤心落泪乎？

其 三

自断此生休问天[1]，杜曲幸有桑麻田，
故将移住南山边[2]。
短衣匹马随李广，看射猛虎终残年[3]。

第三章表示归老隐居以度余生，亦是忧愤之词。首句一曰"自断"，再曰"休问天"，自是极愤激兀傲之词。杜甫本善骑射，多年前游齐赵、梁宋时曾"呼鹰""逐兽"，所以末有"随李广""看射猛虎"的联想。蓝田与杜曲相距不远，因杜曲，故及南山，因南山，故及李广射虎。李广尚能"自射"，而己只能"看射"，一时感慨之情、豪纵之气，跃然纸上。

1 自断：自己判断。休问天：不必问天。

2 杜曲：地名，亦称下杜，在长安城南，是杜甫的祖籍。甫困居长安时，尝家于此。桑麻田：即唐之永业田。《新唐书·食货志一》："授田之制，丁及男年十八以上者，人一顷，其八十亩为口分，二十亩为永业。”“永业之田，树以榆、枣、桑及所宜之木，皆有数。”规定植桑五十株，产麻地别给男夫麻四十亩，故称“桑麻田”。永业田子孙世袭，皆免课役。甫之桑麻田，或即从其祖辈继承而来。南山：指终南诸山。杜曲在终南山麓，所以称“南山边”。

3　李广射虎：《史记·李将军列传》载：李广贬为庶人，家居数岁，尝于蓝田南山中射猎，“广出猎，见草中石，以为虎而射之，中石没镞，视之石也”，“广所居郡闻有虎，尝自射之”。残年：犹余生。

同诸公登慈恩寺塔[1]

高标跨苍穹[2]，烈风无时休[3]。
自非旷士怀，登兹翻百忧[4]。
方知象教力[5]，足可追冥搜[6]。
仰穿龙蛇窟[7]，始出枝撑幽[8]。
七星在北户，河汉声西流[9]。
羲和鞭白日，少昊行清秋[10]。
秦山忽破碎，泾渭不可求[11]。
俯视但一气，焉能辨皇州[12]？
回首叫虞舜，苍梧云正愁[13]。
惜哉瑶池饮，日晏昆仑丘[14]。
黄鹄去不息，哀鸣何所投[15]？
君看随阳雁，各有稻粱谋[16]。

诗以象征手法，通过登塔时所见景物之描写，曲折反映出其时危机四伏之社会现实，抒发了诗人忧国之深沉感慨。诗人登高望远，百忧交集。“忧”为全诗主脑。“七星”四句为登塔所见，构思瑰奇，仍不离一“忧”字。“秦山”四句，为俯视所见，既是长安暮色，又似有寄托，与“百忧”之情血脉沟通。“回首”以下八句写登塔所感，触景感事，忧虑弥深。结尾以

两种鸟的不同去向，寄托了在时势将乱之时有识之士的清醒思考。此诗在艺术表现上的一大特色，就是在景物描写中隐含朦胧的寓意，意奇法变，纵横跌宕，撼人心魄。

1　天宝十一载（752）秋，杜甫与高适、岑参、储光羲、薛据等同登长安慈恩寺塔，各赋诗一首，唯据诗失传。题下原注："时高适、薛据先有此作。"杜甫奉和在后，故曰"同诸公"。同，即和。慈恩寺：贞观二十二年（648），唐高宗李治为太子时，为其母文德皇后所建，故以"慈恩"为名。塔则为玄奘于高宗永徽三年（652）所建，又名大雁塔，在今陕西省西安市南，共 7 层，高 64 米。

2　高标：指塔。跨：凌跨。苍穹：青天。天形穹窿，其色苍苍。"跨"苍穹，极言其高。

3　烈风：劲疾之风。

4　自非：倘若不是。旷士：旷达绝俗之士。兹：指塔。翻：反而。二句意谓倘若不是旷达绝俗的人，登塔不仅不能消愁解闷，反而生出许多忧愁。言外之意，自己正是这样的人。

5　象教：亦作像教，即佛教。佛家有正、像、末三法之说：佛虽去世，法仪未改，谓正法时；佛去世久，道化讹替，真正之法仪不行，唯行像似之佛法，谓像法时；道化微末，谓末法时。至于三时之年限，各经所说不一。一般多采正法五百年，像法一千年,末法一万年之说。佛教传入中国,为佛灭五百年后之像法时,乃以形象而教人,故称佛教为像教或象教。没有佛教,就不会有此塔,所以说“象教力”。

6 冥搜:犹言探幽,释作想象亦可。极言其建筑之宏伟高耸、巧夺天工,已极人间想象之能事。

7 龙蛇窟:谓塔内磴道屈曲而升,犹如穿龙蛇之窟。窟,洞穴。

8 始出:指登临塔上。枝撑:指塔内斜柱。幽:幽暗。

9 “七星”以下八句写登塔所见。七星,指北斗七星。河汉,银河,亦曰天河。声,将抽象的时间流逝形象化,可谓妙笔。七星、河汉,俱非白天可见,二句但言塔之高。

10 羲和:传说为日神的御者,故可用“鞭”。少昊:司秋之神,亦称白帝。以上四句集中描绘登塔仰观之壮丽景象,象纬逼近,以衬塔之高耸。

11 秦山:谓终南诸山。凭高一望,大小错杂,高低不等,有如破碎。泾渭:二水名。渭水清,泾水浊。不可求:谓清浊难辨。

12 但:只是。一气:一片迷蒙不清。皇州:天子之都曰皇州,此指长安。以上四句写俯视所见。

13 “回首”以下八句:写登塔所感。以虞舜比喻唐太宗,惋惜唐太宗励精图治的清明政治已难追寻。虞,我国传说中远古部落名,即有虞氏,舜为其首领,故称“虞舜”。苍梧,即九嶷山,在今湖南宁远县东南。相传舜南巡死于苍梧之野。诗以虞舜苍梧，暗比太宗昭陵。因唐太宗受内禅于唐高祖，高祖谥号神尧皇帝，故以受尧禅位的舜比喻受唐高祖禅位的唐太宗。“回首”云云，有追想国初政治休明的“贞观之治”的意思。云正愁，正表示追想而不可及的忧思。

14 瑶池：相传为西王母所居之仙境。传说周穆王曾登昆仑山与西王母宴于瑶池之上。唐玄宗和杨贵妃游宴骊山，与周穆王到昆仑山与西王母在瑶池宴饮，事有相类，故以为比。

15 黄鹄：大鸟名，一名天鹅，此喻贤才。何所投：意谓无处可投。此含自伤意。

16 随阳雁：雁为候鸟，秋由北而南，春由南而北，故曰“随阳雁”。此喻小人，志在随人，但为身谋，不为国计，深可忧也。稻粱谋：为利禄谋算。

贫交行

翻手作云覆手雨[1]，纷纷轻薄何须数[2]？
君不见管鲍贫时交[3]，此道今人弃如土[4]。

诗作于天宝十一载(752)困守长安时。诗伤交道浇薄，世态炎凉，人情反复，所谓“人心不古”。诗作“行”，却只四句，一句一转，转皆不可测。

1 “翻手”句：喻人反复无常。后成语“翻云覆雨”即出自杜诗。

2 轻薄：轻佻浮薄，不敦厚。何须数：意谓数不胜数。数，计数。

3 管鲍：指管仲和鲍叔，二人皆为春秋时齐国人。据《史记·管晏列传》载，管仲和鲍叔曾一起经商，分红时，管仲常欺鲍叔，自己多分些，鲍叔知道管仲家贫，不以其为贪。后齐桓公欲任鲍叔为相，鲍叔又推荐管仲。结果管仲相桓公，九合诸侯，成为春秋五霸之首。所以管仲说：“生我者父母，知我者鲍子也。”后遂以管鲍之交为交友的典范。

4 今人：指轻薄辈。

丽人行

三月三日天气新，长安水边多丽人[1]。
态浓意远淑且真，肌理细腻骨肉匀[2]。
绣罗衣裳照暮春，蹙金孔雀银麒麟[3]。
头上何所有？翠为㔩叶垂鬓唇[4]。
背后何所见？珠压腰衱稳称身[5]。
就中云幕椒房亲，赐名大国虢与秦[6]。
紫驼之峰出翠釜，水精之盘行素鳞[7]。
犀箸厌饫久未下，鸾刀缕切空纷纶[8]。
黄门飞鞚不动尘，御厨络绎送八珍[9]。
箫鼓哀吟感鬼神，宾从杂遝实要津[10]。
后来鞍马何逡巡，当轩下马入锦茵[11]。
杨花雪落覆白蘋[12]，青鸟飞去衔红巾[13]。
炙手可热势绝伦，慎莫近前丞相嗔[14]。

此为即事名篇的新题乐府。玄宗天宝十一载(752)十一月，权相李林甫死，杨国忠为右相。诗云“三月三日天气新”，“慎莫近前丞相嗔”，当是天宝十二载春作。杜甫巧借曲江游春这一特定事件，先用铺张扬厉的手法描绘了长安丽人的丰神、体貌、服色之丽，然后“就中云幕椒房亲”笔锋一转，着力描写杨氏姊妹的穷奢极欲、嚣张气焰，与前所写“丽人”相比，她们特有的并不是外表的美丽，而是恃宠骄纵，贪婪地追求口腹之欲和声色之娱，实际上不过是行尸走肉而已。“后来鞍马”之后，又把镜头对准杨国忠一人，用比兴含蓄的手法揭露他禽兽不如的丑行。最后“慎莫近前丞相嗔”一句，直指丞相，真有画龙点睛之妙。通篇皆似铺张作赞，却句句是贬，作者的讽刺艺术非常高明。

1　三月三日：即上巳节。唐人非常重视这个节日，长安士女多于这天游赏曲江。水边：即指曲江边。

2　“态浓”二句：极写丽人天姿之美。态浓意远，姿态浓艳，神情高远。淑且真，贤淑纯真，毫不做作。肌理细腻，肌肤腠理，细嫩丰润。骨肉匀，体态匀称，胖瘦相宜。

3　“绣罗”以下六句，极写丽人服饰之精美。绣罗，刺绣的丝织品。蹙（cù）金，一种刺绣工艺，指用金银丝线刺绣成皱纹状的织物，又名捻金。孔雀、麒麟，为衣裳上所绣物色。二句谓丽人身着绣有孔雀和麒麟图案的华丽衣服，与暮春旖旎的风光交映生辉。

4　翠：翡翠。㔩（è）叶：妇女发髻上的花饰。鬓唇：鬓边。

5　腰衱（jié）：裙带。这句是说裙带上缀以珠饰，压而下垂，十分合体。

6 “就中”二句：转写杨氏姊妹之得宠。就中，其中。云幕，谓帐幕之多，犹如重重云雾。汉代皇后所居之室，以椒末和泥涂壁，故称“椒房”。后世遂称后妃为椒房，称后妃亲属为椒房亲。此指杨贵妃姊妹。赐名，指玄宗天宝七载（748）封赐杨贵妃三姊为国夫人事。《旧唐书·后妃列传上·杨贵妃传》：“有姊三人，皆有才貌，玄宗并封国夫人之号：长曰大姨，封韩国；三姨，封虢国；八姨，封秦国。并承恩泽，出入宫掖，势倾天下。”

7 紫驼之峰：即驼峰，是骆驼脊背上隆起的肉。唐代贵族名食中有驼峰炙。翠釜：以翠玉为饰的锅。水精：即水晶。行：按次序传送。素鳞：指鱼。二句极力形容杨氏姊妹饮食之华贵精美。

8 犀箸：用犀牛角做的筷子。厌饫（yù）：饱食生腻。久未下：是说因为吃腻了，面对精美的食品，没有胃口，反觉无以下箸。鸾刀：刀环系有小铃的刀。缕切：细切，谓切脍如丝缕之细。纷纶：犹纷纭，繁乱之意。空纷纶：是说因为贵妇们什么都吃腻了，不动筷子，害得厨师们空忙乱一阵。二句极写杨氏姊妹的骄奢挥霍。

9 “黄门”二句：是说皇帝命宦官送来许多珍贵食品。黄门，即宦官。以其服役黄门之内，故名。鞚，马勒。飞鞚，即驰马如飞。不动尘，形容驰马轻快，亦喻骑术高超，虽骑马飞驰而尘土不扬。御厨，指为皇帝做膳食的人。络绎，往来不绝。八珍，原指八种烹饪方法，后用以泛指珍贵的食品。据史载，天宝年间，玄宗曾以姚思艺为检校进食使，并经常将水陆珍馐颁赐杨氏兄妹，派宦官分送各家，“五家如一，中使不绝”。可见以上二句写杨氏恩宠，亦是写实。

10 箫鼓：两种乐器名。哀吟：指音乐婉转动人，故下云“感鬼神”，极力形容歌舞之盛，演奏之妙。宾从：宾客随从。杂遝(tà)：杂乱众多貌。实要津：语意双关，实写杨氏姊妹游春队伍塞满了道路，暗喻杨氏兄妹占据了各种重要职位。

11 后来鞍马：指杨国忠。逡巡：徐行貌。当轩下马：见国忠意气洋洋，旁若无人之状。轩，车的通称。锦茵：锦制的地毯。

12 “杨花”句：古人认为蘋为萍之大者，又有“杨花入水化为浮萍”之说。杨花，即柳花，又谐应杨姓。据此，则杨花、萍、蘋虽为三物，实出一体，故以杨花覆蘋影射杨国忠与虢国夫人的暧昧关系。唐章碣《曲江》诗有“落絮却笼他树白”之句，可见当时曲江杨柳甚盛，故有“杨花雪落”之景。又北魏胡太后尝逼杨白花私通，杨惧祸奔南朝梁，改名杨华，胡太后追思不已，遂作《杨白花》歌词：“阳春二三月，杨柳齐作花。春风一夜入闺闼，杨花飘荡落南家。……秋去春还双燕子，愿衔杨花入窠里。”杜诗亦暗用此事。

13 青鸟：传说为西王母使者。隋薛道衡《豫章行》：“愿作王母三青鸟，飞来飞去传消息。”红巾：妇人所用红手帕，比喻男女传情之物。“衔”字用得微妙。二句为隐语，妙在结合眼前景物以刺杨国忠与从妹虢国夫人的淫乱丑行。

14 炙手可热：形容气焰灼人。炙手，烫手。势绝伦：权势无人可与伦比。慎莫：千万不要。丞相：指杨国忠。嗔：恼怒。最后二句：讽刺杨氏势倾天下，不知羞耻。

渼陂行

岑参兄弟皆好奇[1]，携我远来游渼陂[2]。
天地黤惨忽异色，波涛万顷堆琉璃[3]。
琉璃漫汗泛舟入，事殊兴极忧思集[4]。
鼍作鲸吞不复知，恶风白浪何嗟及[5]？
主人锦帆相为开，舟子喜甚无氛埃[6]。
凫鹥散乱棹讴发，丝管啁啾空翠来[7]。
沉竿续蔓深莫测，菱叶荷花静如拭[8]。
宛在中流渤澥清，下归无极终南黑[9]。
半陂已南纯浸山，动影袅窕冲融间[10]。
船舷暝戛云际寺，水面月出蓝田关[11]。
此时骊龙亦吐珠，冯夷击鼓群龙趋[12]。
湘妃汉女出歌舞，金支翠旗光有无[13]。
咫尺但愁雷雨至，苍茫不晓神灵意[14]。
少壮几时奈老何，向来哀乐何其多[15]！

———

天宝十三载（754）末授官时作。诗写与岑参兄弟同游渼陂所见所感，景色瑰丽，光怪陆离，奇诡变化，恍惚万状，词采精拔，极力突出一个“奇”字。首叙“鼍作鲸吞”之可忧，中叙凫鹥菱荷与湘妃汉女之乐，末忧雷雨忽至，则又为之而愁。遂由自然的变化莫测而联想到人生之哀乐无常，感慨无限。

---

1 岑参：南阳（今属河南）人，当时著名诗人，与杜甫交好，时在长安，往来颇密。参排行二十七，有亲兄弟五人，即谓、况、参、乘、垂，此处不能确指。好奇：好寻奇探胜。

2 渼陂（měi bēi）：在今陕西西安鄠邑区，源出终南山，有五味陂，陂鱼甚美，因加水而以为名。

3 黤惨：天色昏暗貌。黤（yǎn），青黑色。忽异色：天色骤变。堆琉璃：谓波涛涌起。琉璃，喻水之清澈。

4 漫汗：犹汗漫，水势浩瀚貌。事殊兴极：天已异色而犹泛舟，所历奇险，而兴致极高，正见"好奇"处。忧思集：即下"鼍作"二句所云。

5 鼍作鲸吞：极言风涛惊险。鼍（tuó），一名鼍龙，又名猪婆龙，今称扬子鳄。作，起。不复知：不可知。何嗟及：犹嗟何及。

6 主人：指岑参兄弟。舟子：船夫。氛埃：尘雾。

7 凫：野鸭。鹥（yī）：即鸥，一名水鸮。皆为水鸟。棹讴：即棹歌，为船工行船时所唱之歌。丝：指弦乐器，如琴、瑟、琵琶之类。管：指管乐器，如箫、笛、笙之类。啁啾（zhōu jiū）：细碎的声音，此指各种乐器合奏声。空翠来：谓云开而青天出。

8 沉竿续蔓：既有菱叶荷花，则陂水不深可知。而谓"沉竿续蔓深莫测"，乃极言之，故有人解作"言戏测其深也"。或解作沉竿与水中之蔓相续，则太泥。静：洁。拭：净。静如拭：极写菱荷之洁净鲜艳。

9 渤澥清：极言陂水之空旷澄澈。渤澥(xiè)，即渤海。又通谓之沧海。终南：即终南山，在长安南，渼陂源于此。下归无极：承上“深莫测”来，言水底但见终南山影之黑而已，故下句即接“纯浸山”。无极，无尽，无底。

10 袅窕：动摇不定貌。冲融：陂水深广貌。

11 舷：船边。暝：日晚。戛(jiá)：摩擦之声。云际寺：指云际山大定寺，在西安西南35公里处。蓝田关：即秦峣关，在渼陂东南，蓝田县东南九十八里。二句皆指水中倒影而言，云际之寺，远影落波，船舷经过，如与相戛，月映水中，如出蓝田关上。

12 骊龙：古谓黑色之龙。《庄子·列御寇》：“夫千金之珠，必在九重之渊，而骊龙颔下。”冯(píng)夷：水神名。

13 湘妃：传说中舜之二妃娥皇、女英。以舜南巡不返，死于苍梧之野，遂沉湘水而死，故曰“湘妃”。汉女：传说中汉水之神女。金支：犹金枝。翠旗：以翠羽所饰之旌旗。光有无：言光或隐或现。以上四句极力描摹月出而乐作的奇丽景象，灯火遥映闪烁，犹如骊龙吐珠；远闻音乐间作，恰似冯夷击鼓；晚舟纷渡，宛若群龙争趋；美人歌舞，依稀湘妃汉女；服饰鲜丽，仿佛金支翠旗。置身其间，恍若神游异境。

14　咫尺：周尺八寸曰咫。此喻距离之近，亦喻时间短暂。苍茫：旷远迷茫貌。神灵：谓司雷雨之神。

15　“少壮”二句：用汉武帝《秋风辞》：“欢乐极兮哀情多，少壮几时兮奈老何。”

奉先刘少府新画山水障歌[1]

堂上不合生枫树，怪底江山起烟雾[2]。
闻君扫却赤县图，乘兴遣画沧洲趣[3]。
画师亦无数，好手不可遇。
对此融心神，知君重毫素[4]。
岂但祁岳与郑虔，笔迹远过杨契丹[5]。
得非玄圃裂，无乃潇湘翻[6]。
悄然坐我天姥下，耳边已似闻清猿[7]。
反思前夜风雨急，乃是蒲城鬼神入[8]。
元气淋漓障犹湿，真宰上诉天应泣[9]。
野亭春还杂花远，渔翁暝踏孤舟立[10]。
沧浪水深青溟阔，欹岸侧岛秋毫末[11]。
不见湘妃鼓瑟时，至今斑竹临江活[12]？
刘侯天机精，爱画入骨髓[13]。
自有两儿郎，挥洒亦莫比[14]。
大儿聪明到[15]，能添老树巅崖里。
小儿心孔开，貌得山僧及童子[16]。
若耶溪，云门寺[17]。
吾独胡为在泥滓？青鞋布袜从此始[18]。

天宝十三载(754) 在奉先作。这是一首题画诗,先以惊人的起句叙起屏障山水,即所谓“沧洲趣”。次赞其笔意超绝,并以“玄圃裂”“潇湘翻”,形容其迹侔仙界;以“风雨急”“鬼神入”,形容其巧夺天工。接着摹写山水中景物,亭花、岸岛属山,渔舟、沧溟属水,斑竹临江兼映山水。最后见画而思托身世外。可谓层层紧扣诗题“山水”,笔笔绾合诗意“沧洲趣”,以画法为诗法,以诗境写画境,刻画入微,逼真传神,天机盎然,生动有趣,富有生活气息,使人读来如身临其境。

1 《文苑英华》卷 339 载此诗,题作《新画山水障歌》,题下注云:“奉先尉刘单宅作。”刘少府即刘单。少府:唐人对县尉的尊称。奉先:今陕西蒲城。山水障:即画有山水的屏障。

2 “堂上”二句:以惊讶之语赞扬画中景物的逼真,将画作真,奇语惊人。不合,不该。底,什么,为什么。

3 君:指刘单。扫却:画成。扫,有一挥而就的意思。赤县:唐时京都所辖的县称赤县,此指奉先县。沧洲趣:隐逸的情趣。沧洲,滨水之地,古时常用以称隐士居住的地方。二句谓刘单刚画完了描绘奉先县的《赤县图》,又乘兴画出了这幅充满隐逸情趣的山水障子。

4 此:指山水障。融心神:全副身心都用进画里,即呕心沥血作画。君：指刘单。重毫素：重视绘画，酷爱绘画。毫素，毛笔和素绢，都是用来绘画的。二句意谓，从刘单呕心沥血画山水障子来看，可知他是酷爱绘画艺术的。

5 祁岳：与杜甫同时的著名画家。郑虔：杜甫好友，善画山水。杨契丹：隋朝名画家。笔迹：指绘画技法。二句谓刘画水平超过了杨契丹、祁岳和郑虔等著名画家。

6 "得非"与"无乃"互文，都有莫不是意。玄圃：一作"县圃"。传说为昆仑山巅名，乃仙人所居之处。潇湘：指湖南的潇水、湘江，潇水在今湖南永州市东注入湘江，合称"潇湘"。

7 悄然：不知不觉貌。天姥：山名，在今浙江嵊州东、天台县西北。杜甫早年游吴越时曾到此，《壮游》诗有"归帆拂天姥"之句，可证。清猿：猿的叫声凄清。二句是说看了画中境界，不禁使自己仿佛回到早年游过的天姥山，又听到了猿猴凄清的叫声。

8 反思：回想。蒲城：即奉先县旧名。开元四年，以奉祀睿宗桥陵，改名奉先。

9 元气：生成天地万物的原始之气。淋漓：沾湿貌，酣畅貌。真宰：造物主，古时假想的宇宙主宰者。因画新成，墨迹未干，故曰"湿"；因湿联想到"元气淋漓"；又联想到女娲补天的神话传说，故有"天应泣"之语。想象奇瑰，运笔之妙全在一个"新"字。以上八句，皆从虚处传神，极赞画之巧夺天工，直可惊天地,泣鬼神。

10 “野亭”以下六句,乃写画中实景。春还,春气回还。暝,暮色苍茫。

11 沧浪:水青苍色。青溟:大海。攲(qī)、侧:都有倾斜意。秋毫末:指所画景物细微逼真。秋毫,鸟兽在秋天新生的细毛。比喻极细微之物。

12 不见:犹云岂不见。湘妃:传说中舜的两个妃子娥皇、女英。舜南巡死于苍梧之野,二妃思念他,投湘水而死,成为湘水女神,亦称湘灵。斑竹:一种有斑纹的竹子,又叫“湘妃竹”。传说舜死,二妃痛哭,泪洒竹上而成斑,故名“斑竹”。二句谓湘妃已死,而江边斑竹犹活。

13 “刘侯”以下八句,赞刘单及其二子。刘侯,指刘单。天机精,天才绝顶。入骨髓,是说酷爱作画。

14 挥洒:指挥洒笔墨作画。亦莫比:也无人可比。

15 聪明到:犹言绝顶聪明。

16 心孔开:心窍机灵。貌:描画,描摹。

17 若耶溪:在今浙江绍兴市东南,发源若耶山,今名平水江。云门寺:在今绍兴市南云门山上。杜甫青年游吴越时曾到此。

18 胡为:为什么。泥滓:泥垢,比喻俗世。青鞋布袜:隐者所服。二句言自己为刘单所画胜景吸引,不禁心驰神往,忽动出世之想。

天育骠图歌[1]

吾闻天子之马走千里，今之画图无乃是[2]？
是何意态雄且杰，骏尾萧梢朔风起[3]。
毛为绿缥两耳黄，眼有紫焰双瞳方[4]。
矫矫龙性含变化，卓立天骨森开张[5]。
伊昔太仆张景顺，监牧攻驹阅清峻[6]。
遂令大奴字天育，别养骥子怜神骏[7]。
当时四十万匹马，张公叹其材尽下[8]。
故独写真传世人，见之座右久更新[9]。
年多物化空行影，呜呼健步无由骋[10]！
如今岂无騕褭与骅骝，时无王良伯乐死即休[11]！

天宝十三载(754)冬作。诗由真马说到画马，又从画马说到真马，最后从画马空存，翻出异材常有，惜无识材之人。实以马自喻，抒发抱负不得施展的愤懑。末二句借物寓怀，由马及人，由人及己，为千里马叫屈，实则为奇士、为自己鸣不平。或谓韩愈“世有伯乐，然后有千里马；千里马常有，而伯乐不常有”云云，即据杜意而发挥。

1 诗题一作“天育骠骑歌”。天育：马厩名，养天子之马。骠(piào，今读 biāo)：黄色有白斑的骏马。骠骑，犹飞骑。

2 天子之马：《穆天子传》卷 1：“天子之马走千里。”指穆王八骏。无乃：岂非，莫非。系揣测之词，此亦表惊异。

3 是何：与“无乃”相呼应，意在证明自己的推测。是，指画马。意态：犹神态。雄则气盛，杰则超群。骏尾：马尾。骏，一作“骔”(zōng)，马鬣。萧梢：摇尾貌。朔风：寒风。朔风起：谓马尾摇动可引起朔风。

4 缥：淡青色。两耳黄：魏时鲜卑献千里马，白色而两耳黄，名曰黄耳。紫焰：紫光。双瞳方：双瞳呈方形。

5 矫矫：桀骜超群貌。龙性：古人认为天马乃神龙之类，故多以龙拟良马。变化：指多姿多态。天骨：天生就雄伟骨干。森开张：耸立开展貌。

6 伊昔：从前。伊，语助词。太仆：官名，掌舆马及牧畜之事。张景顺：开元年间任太仆少卿兼秦州都督监牧都副使，善养马，元年牧马二十四万匹，至十三年增至四十三万匹。开元十三年，玄宗曾予以嘉奖。攻驹：驯养马驹。阅：检阅。清峻：指马之骨相清瘦峭峻。

7 大奴：奴之长大者。此指张景顺的牧马奴。字：养育。别养：单独驯养。骥子：良马，此指骠骑。怜神骏：爱其神骏。神骏，指马神态骏逸。

8 “当时”二句：用对比手法极言骠骑之神骏出众。张公，即张景顺。材尽下，都是材质平庸的驽马，以反衬骠骑之神骏。

9 写真：画像，即前言“画图”。二句点明独画骠骑，因为爱赏，故挂之座右，百看不厌，历久弥新。

10 物化：化为异物，谓真马已死。骠骑已死，只画图空存，故曰“空行影”。马画得再好，也不能健步驰骋，故慨叹“无由骋”。

11 騕褭（yāo niǎo）：传说中神马，日行万里，明君有德则现。骅骝：赤色骏马，亦名枣骝，为周穆王八骏之一。王良、伯乐：皆春秋时人。王良善御马，伯乐善相马。结二句是抚《天育骠图》而兴叹，伤良马难逢王良、伯乐，而自慨不遇。

自京赴奉先县咏怀五百字[1]

杜陵有布衣，老大意转拙[2]。
许身一何愚[3]，窃比稷与契[4]。
居然成濩落[5]，白首甘契阔[6]。
盖棺事则已，此志常觊豁[7]。
穷年忧黎元[8]，叹息肠内热。
取笑同学翁，浩歌弥激烈[9]。
非无江海志[10]，萧洒送日月[11]。
生逢尧舜君[12]，不忍便永诀。
当今廊庙具[13]，构厦岂云缺[14]？
葵藿倾太阳，物性固难夺[15]。
顾惟蝼蚁辈[16]，但自求其穴。
胡为慕大鲸，辄拟偃溟渤[17]？
以兹悟生理，独耻事干谒[18]。
兀兀遂至今[19]，忍为尘埃没[20]？
终愧巢与由，未能易其节[21]。
沈饮聊自遣，放歌破愁绝[22]。
岁暮百草零[23]，疾风高冈裂。
天衢阴峥嵘[24]，客子中夜发[25]。
霜严衣带断，指直不能结[26]。

凌晨过骊山[27]，御榻在嵽嵲[28]。
蚩尤塞寒空[29]，蹴蹋崖谷滑[30]。
瑶池气郁律[31]，羽林相摩戛[32]。
君臣留欢娱，乐动殷胶葛[33]。
赐浴皆长缨[34]，与宴非短褐[35]。
彤庭所分帛[36]，本自寒女出。
鞭挞其夫家，聚敛贡城阙[37]。
圣人筐篚恩[38]，实愿邦国活[39]。
臣如忽至理[40]，君岂弃此物？
多士盈朝廷[41]，仁者宜战栗[42]。
况闻内金盘[43]，尽在卫霍室[44]。
中堂舞神仙，烟雾蒙玉质[45]。
暖客貂鼠裘，悲管逐清瑟[46]。
劝客驼蹄羹[47]，霜橙压香橘[48]。
朱门酒肉臭[49]，路有冻死骨。
荣枯咫尺异[50]，惆怅难再述[51]。
北辕就泾渭[52]，官渡又改辙[53]。
群水从西下[54]，极目高崒兀[55]。
疑是崆峒来[56]，恐触天柱折[57]。
河梁幸未拆[58]，枝撑声窸窣[59]。
行李相攀援[60]，川广不可越。

老妻寄异县[61]，十口隔风雪。
谁能久不顾？庶往共饥渴[62]。
入门闻号咷[63]，幼子饿已卒[64]。
吾宁舍一哀，里巷亦呜咽[65]。
所愧为人父，无食致夭折[66]。
岂知秋禾登[67]，贫窭有仓卒[68]？
生常免租税，名不隶征伐[69]。
抚迹犹酸辛[70]，平人固骚屑[71]。
默思失业徒[72]，因念远戍卒。
忧端齐终南[73]，澒洞不可掇[74]！

这一千古名篇，既反映出“山雨欲来风满楼”的社会实况，也表现出杜甫的内心矛盾和伟大人格，也是杜甫长安十年生活的总结。全诗分三大段。第一段从开头到“放歌破愁绝”，写自己拯世济民的抱负；第二段从“岁暮百草零”到“惆怅难再述”，写途经骊山的所见所闻所感；第三段从“北辕就泾渭”到结尾，主要写到家后之景况和感慨。“穷年忧黎元”为全诗主脑。正因“穷年忧黎元”，才能从“朱门酒肉臭”想到“路有冻死骨”，才能在“幼子饿已卒”的悲惨情景中而“默思失业徒，因念远戍卒”，忧国忧民无已时，故而“忧端齐终南，澒洞不可掇”，这正是“人饥己饥”“人溺己溺”之仁者心的写照，真不愧一代诗史。

---

1 天宝十四载(755)十一月间，安禄山已反，但消息尚未传至长安。杜甫就任右卫率府兵曹参军后，由长安赴奉先县(今陕西蒲城)探望家属，沿途所见所闻所感，已预感到大乱将至，忧心忡忡，遂作此诗。

2 杜陵布衣：作者自称。杜陵，地名，在长安南。杜甫祖籍杜陵，困守长安时，亦曾居此。老大：这年杜甫四十四岁。拙：笨拙，此指不通世故。实际上是反话，意思是不同流俗。

3 许身：期望自己。一何：多么。

4 稷、契(xiè)：都是传说中尧舜时代的贤臣。稷，即后稷，曾教民稼穑。契，曾佐禹治水。

5 居然：竟然。濩(huò)落：为叠韵连绵字，犹言落拓。

6 契阔：勤苦，劳苦。

7 “盖棺”二句：言死则已，只要活着就总是希望实现自己的抱负。盖棺，指死亡。觊豁(jì huò)，希望达到目的。

8 穷年：一年到头。黎元：老百姓。

9 “取笑”二句：意思是别人越讥笑，自己意志越坚决。“翁”字在这里有嘲讽意味。浩歌，高歌。

10 江海志：隐遁江海的愿望。

11 萧洒：同“潇洒”，无拘无束、自由自在的样子。送日月：

犹度日月。

12 尧舜君：尧舜似的皇帝，此代指唐玄宗。

13 廊庙具：朝廷中栋梁之臣。廊庙，朝廷。

14 构厦：比喻成就稷、契的事业。

15 “葵藿”二句：语本曹植《求通亲亲表》：“若葵藿之倾叶，太阳虽不为之回光，然终向之者，诚也。”葵，葵菜。藿，豆叶。难，一作“莫”。

16 顾惟：自念。蝼蚁辈：喻地位低下的小人物，此为愤慨性的自喻。

17 辄拟：总打算。偃：伏卧，休息。溟渤：指大海。

18 悟：领悟。干谒：钻营请托。

19 兀（wù）兀：劳苦貌，又穷困貌。

20 忍：岂忍。尘埃没：没于尘埃，被埋没。

21 “终愧”二句：是说自己终于无法改变自己的初志而效法巢、由的避世。巢，巢父。由，许由。传说中尧时的两个隐士，作者这里是婉转地说反话。

22 愁绝：愁极。

23 零：凋谢。

24 天衢（qú）：天空。天空广阔，任意通行，如世之广衢，故称。阴峥嵘：阴云重叠如山。峥嵘，本山高貌，这里形容云盛貌。

25 客子：旅居在外的人，这里是作者自指。中夜：半夜。发：

出发。

26 指直：手指冻得僵直。

27 骊山：在今陕西临潼东南，离长安六十里。骊山有温泉，唐玄宗置温泉宫，天宝六载（747）改名华清宫，每年十月带着杨贵妃及其姊妹到此避寒。

28 御榻：指皇帝住在骊山。嵽嵲（dié niè）：本山高貌，此处指代骊山。

29 蚩（chī）尤：上古神话中人物，相传蚩尤与黄帝作战时，曾作大雾以迷惑对方。此借指雾。

30 蹴（cù）：踩，踏。

31 瑶池：古代传说中昆仑山上的池名，西王母所居，此指骊山温泉。郁律：烟雾蒸腾貌。

32 羽林：羽林军，皇帝的禁卫军。摩戛（jiá）：犹摩擦。

33 殷：盛，引申为充塞。胶葛：深远广大貌，此指天空。

34 长缨：长帽带，指权贵。

35 短褐：粗布短衣，指平民。

36 彤庭：朝廷。汉代宫殿以朱漆涂饰，故称。后亦泛指皇宫。

37 聚敛：横征暴敛。城阙：本为城门上的建筑物，此指京城、朝廷。

38 圣人：君主时代对帝王的尊称，唐人称天子皆曰圣人。筐、篚：都是盛东西的竹器。古礼，皇帝宴会，以筐篚盛币帛赏赐大臣。

39 愿：一作“欲”。邦国：国家。

40 忽：忽视，轻视。至理：最正确的道理。

41 多士：群臣。

42 仁者：此指体恤民劳的官员。战栗：发抖，引申有警惕的意思。

43 内金盘：内庭的金盘。内，大内，皇帝的宫禁。

44 卫霍：卫青、霍去病，都是汉武帝的外戚，这里借指杨氏家族。

45 “中堂”二句：形容杨国忠兄妹之家，姬侍众多，室中香烟缭绕，望之若神仙。神仙，唐代人常用以比喻美女、歌妓。烟雾，云烟，雾气，此指富贵人家室中熏香所生的烟。玉质，指肌肤洁腻的美女。

46 “悲管”句：指管瑟合奏。悲、清，都是形容乐器的音色。逐，伴随。

47 劝客：敬客。驼蹄羹：用骆驼蹄做成的肉汤，为八珍之一。

48 霜橙：极言果品之新鲜。

49 朱门：指贵族官僚之家。

50 荣：指朱门的荣华。枯：指冻死骨。咫尺：八寸为咫，形容距离近。

51 惆怅：伤感。

52 北辕：车辕向北，即车向北行。北，使动用法。就：靠近。泾渭：二河名，这里指昭应县（今陕西临潼）泾渭合流的地方。

53 官渡：官家设的渡口，此指官府在昭应县泾渭合流处设的渡口。改辙：改道，指渡口又换了地方。

54 水：一作“冰”。

55 崒（cù）兀：高而险貌。

56 崆峒（kōng tóng）：山名，在甘肃平凉西，泾河发源地。

57 “恐触”句：形容水势凶猛。天柱，山名，即岐山，因山形如柱，故名。在今陕西凤翔县。《元和郡县图志·关内道二·凤翔府》：“岐山，亦名天柱山。在（凤翔）县东北十里。”

58 河梁：桥。拆：一作“坼（chè）”，裂开。

59 枝撑：指桥的支柱。窸窣（xī sū）：象声词，形容轻微细碎之声。

60 行李：行人。相攀援：相互牵拉。

61 寄：寄居。异县：他县，此指奉先县。

62 庶：庶几，表示希望和意愿的副词。

63 号咷（táo）：放声大哭。

64 卒：死。

65 “吾宁”二句：谓即使我宁愿割舍一哀，强自宽慰，无奈连邻居都呜咽流泪，为之伤心，自己实难克制。宁，岂能。舍，割舍。里巷，指里巷邻人。

66 夭折：人幼年死亡。

67 登：庄稼成熟。

68 贫窭（jù）：贫穷，指贫苦人家。窭，贫。仓卒（cù）：突然，此指发生突然事故，即幼子夭折。

69 隶：属。征伐：征讨，此指被征从军。

70 抚迹：犹抚事，回忆发生的事。

71 平人：平民，一般老百姓。固：本应。骚屑：本是形容风吹的声音，这里形容人心惊慌不安。

72 失业徒：失去产业（土地）的人。

73 忧端：忧思的端绪。齐终南：和终南山一样高。终南，山名，在长安南，为秦岭山脉的主峰。

74 澒洞（hòng tóng）：绵延，弥漫。掇（duō）：收拾。

月 夜[1]

今夜鄜州月，闺中只独看[2]。
遥怜小儿女，未解忆长安[3]。
香雾云鬟湿[4]，清辉玉臂寒[5]。
何时倚虚幌[6]，双照泪痕干[7]？

诗写离乱中两地相思，构思新奇，情真意切，明白如话，深婉动人，真可谓天下第一等情诗。首联点题，起势不凡。入手即从对面着笔，不言我在长安思念家人，却说家人在鄜州望月思我，蹊径独辟。次联流水对，用笔尤为隐曲委婉，寓意深微。以小儿女的不解忆，反衬闺中只独看、独忆，突出首联“独”字，益见深情苦忆。三联着力描写想象中妻子独自看月的形象。雾湿云鬟，月寒玉臂，语丽情悲。“湿”字、“寒”字，见出夜深，衬出闺中伫望之久，思念之切，虽“云鬟湿”“玉臂寒”而不知，可谓忘情之至也。末联以希冀重逢作结。

1　此诗作于至德元载（756）八月初陷贼时。本年五月，杜甫携家避难鄜州。七月，肃宗即位于灵武。八月，杜甫闻讯只身奔赴行在，中途为叛军所执，拘于长安。诗即被禁长安望月思家而作。

2 鄜(fū)州:今陕西富县。闺中:指妻子。

3 未解:不懂得。“未解忆”含两层意:一是儿女尚小,不知道想念身陷长安的父亲;二是小儿女天真无知,不懂得母亲看月是在想念他们的父亲。

4 香雾:雾本无香,乃鬟香透入夜雾,故云。

5 清辉:指月光。

6 虚幌:薄帷。

7 双照:指妻子与自己双方而言。

悲陈陶[1]

孟冬十郡良家子[2]，血作陈陶泽中水。
野旷天清无战声，四万义军同日死[3]。
群胡归来血洗箭，仍唱胡歌饮都市[4]。
都人回面向北啼，日夜更望官军至[5]。

这首诗以实录反映了唐军惨败、叛军气焰正盛的形势，以典型的画面凸显了战争的残酷。表现的不仅仅是诗人对时势变化的关注，更主要的是无数生命的毁灭在诗人内心造成的强烈震撼，及由此而产生的深沉的忧患意识。杜甫的可贵就在他的心始终与人民一起滴血，并未因熟视丧乱而变得麻木，所以他的痛切悲苦之词，才能使千载以下的读者为他的博大仁爱而感奋流涕！在艺术处理上，做到了明写与暗写、实写与虚写的高度统一，即将陈陶会战及其后果、诗人爱憎和民心所向统一了起来。

1　至德元载（756）十月二十一日，宰相房琯率军与安史叛军大战于陈陶斜，此时贼势方盛，而官军以轻敌遂致大败，死伤四万余人。杜甫时陷长安，闻之而作此诗，字里行间充满悲愤之情。陈陶，即陈陶斜，又名陈涛斜，在今陕西咸阳市东。

2 孟冬：冬季第一个月，即阴历十月。十郡：泛言士兵占籍之广。良家子：清白人家的子弟。

3 “野旷”二句：极言官军伤亡惨重。野无战声，指激战过后，全军覆没，战场一片死寂。义军，谓官军为国而战，乃正义之师。

4 “群胡”二句：愤安史叛军之得志骄横。群胡，指安史叛军。血洗箭，兵器上沾满了血。箭，指代兵器。都市，国都长安的街市。

5 “都人”二句：写长安士民亟盼光复。都人，京都士民。当时肃宗迁至彭原（今甘肃西峰），地处长安西北，所以说“回面向北啼”。

悲青坂

我军青坂在东门[1]，天寒饮马太白窟[2]。
黄头奚儿日向西，数骑弯弓敢驰突[3]。
山雪河冰野萧瑟，青是烽烟白人骨[4]。
焉得附书与我军，忍待明年莫仓卒[5]！

此与前诗作于同时。陈陶斜惨败后，由于宦官催战，十月二十三日，房琯率残军复与叛军战于青坂，又大败。杜甫既对官军的惨败深表痛惜，又劝朝廷不要轻举妄动，重蹈覆辙。“焉得附书与我军，忍待明年莫仓卒”，表现了诗人对国家命运的深切关怀和高度的爱国情怀。

1 谓青坂东门就是唐军驻地。青坂：故址当在今陕西咸阳市东，距陈陶斜不远。

2 太白：山名，在今陕西太白县东南，为秦岭主峰，关中第一高峰，因山顶终年积雪，故名。窟：指水塘。

3 黄头奚儿：唐有黄头室韦，为当时室韦二十余部之一，在今黑龙江齐齐哈尔一带，兵强人众，为当时强大部落之一。安史叛军多由奚、契丹、室韦等少数部族组成，而奚、契丹、室韦都属东胡系，故此“黄头奚儿”系泛指安史叛军的精锐部队。日向西：天天向西进犯。数骑：少数精锐骑兵。驰突：横冲直撞。二句写安史叛军得胜后的骄纵之状。

4 “山雪”二句：极写战后原野凄冷阴森景象。萧瑟，萧条冷落。烽烟，烽火台报警之烟，此指战后原野弥漫的烟尘。白人骨，即白是人骨，“是”字从上省略。

5 焉得：怎么能够。附书：托人捎信。忍待：耐心等待。仓卒：即“仓猝”。史载，房琯与叛军对垒，本欲持重以伺之，怎奈宦官邢延恩等督战，苍黄失据，遂致惨败。杜甫分析当时敌我双方的形势，认为唐军当充实力量，待机再战，不可急躁冒进。

塞芦子[1]

五城何迢迢，迢迢隔河水[2]。
边兵尽东征[3]，城内空荆杞[4]。
思明割怀卫[5]，秀岩西未已[6]。
回略大荒来，崤函盖虚尔[7]。
延州秦北户，关防犹可倚[8]。
焉得一万人，疾驱塞芦子。
岐有薛大夫[9]，旁制山贼起[10]。
近闻昆戎徒，为退三百里[11]。
芦关扼两寇[12]，深意实在此。
谁能叫帝阍，胡行速如鬼[13]。

至德二载(757)正月,叛军史思明、高秀岩合兵攻太原,意欲西进,威胁唐肃宗驻地彭原、凤翔一带的安全。杜甫时身陷长安,闻之焦急万分,遂作此诗,主张迅速塞断芦子关,阻止叛军西进。诗不仅表现了杜甫心忧天下的爱国情怀,而且显示出诗人筹边御敌的军事卓识。

1　塞:有防守壅塞之意。芦子:即芦子关,又名芦关,在今陕西志丹县北与靖边县交界处,因所在土门山两崖峙立如门,形如葫芦而得名，是由太原向陕、甘西进所经之重要关口。唐时属延州。

2 五城：指唐代在河套地区设置的五座军城，即定远（今宁夏平罗）、丰安（今宁夏中卫）及中、西、东三个受降城（均在今内蒙古自治区），都在黄河以北，故曰“隔河水”。迢迢：遥远貌。

3 边兵：边塞驻军。尽东征：都调到东边去抵御叛军。

4 空：空虚。荆杞：因连年战争，兵乱地荒，遂尽生荆棘枸杞。

5 思明：史思明，为宁夷州突厥杂胡，与安禄山同乡里，俱以骁勇闻名。安禄山反，使其经略河北，封为范阳节度使。至德二载正月，史思明舍弃怀、卫二州而进兵太原。割：舍弃，离开。怀州（今河南沁阳）与卫州（今河南卫辉），唐时俱属河北道。

6 秀岩：高秀岩，本为哥舒翰部将，后降安禄山，伪署河东节度使，此时也正率兵西进，与史思明合兵十余万攻太原。西：向西挺进。未已：不停止。

7 回略：迂回包抄。大荒：荒远之地，指西北朔方、河、陇等地。崤函：崤山和函谷关的合称，相当今陕西潼关以东至河南新安一带，是从中原到西北必经的咽喉要地，当时已为叛军占据。二句是说叛军意图突破芦子关迂回占领西北边远地区，以包抄彭原、凤翔等地，那样像崤函之固的险要之地，也就形同虚设了。

8 延州:治所在今陕西延安。秦:指关中地区。关防:驻兵防守的关隘,即指芦子关。二句是说延州为关中地区北方的门户,而芦子关又是防守延州的要冲。

9 岐:指凤翔府扶风郡,本岐州,天宝元年改扶风郡,至德元载改凤翔郡,二载升为府,治雍县(今陕西凤翔)。薛大夫:即薛景仙,或作薛景先。马嵬事变时,任陈仓县令,杀杨国忠妻裴柔、幼子杨晞、虢国夫人及其子裴徽。至德元载七月,任扶风太守。

10 旁制山贼:是为了维持地方治安,以便更有力地打击叛军。山贼,当指战败士卒乘安史叛乱之机入山为盗而祸害百姓者。因其不是当时的主要敌人,故曰"旁制"。

11 "近闻"二句:指至德元载七月叛军派兵攻扶风,为薛景仙击退一事。昆戎,古代西戎族名,这里借指安史叛军。以上四句是表彰薛景仙击败叛军,旁制盗贼,保卫了岐州,立了大功。

12 扼:扼制。两寇:指史思明和高秀岩。

13 叫:扣。帝阍:天门,此指朝廷。二句是说希望有人能去报知朝廷,说明叛军行动诡秘迅速,若不赶快派兵扼守芦子关,恐怕来不及了。言外之意,若芦关失守,将危及全局,这也就是前面所说的"深意"。

哀江头

少陵野老吞声哭[1]，春日潜行曲江曲[2]。
江头宫殿锁千门[3]，细柳新蒲为谁绿[4]？
忆昔霓旌下南苑[5]，苑中万物生颜色[6]。
昭阳殿里第一人[7]，同辇随君侍君侧[8]。
辇前才人带弓箭[9]，白马嚼啮黄金勒[10]。
翻身向天仰射云，一笑正坠双飞翼[11]。
明眸皓齿今何在？血污游魂归不得[12]。
清渭东流剑阁深[13]，去住彼此无消息[14]。
人生有情泪沾臆[15]，江水江花岂终极[16]！
黄昏胡骑尘满城[17]，欲往城南望城北[18]。

至德二载(757)春,陷贼长安时作。诗写作者春日潜行曲江而感玄宗与杨妃生离死别之事,着力突出一个“哀”字。全诗分三层写哀:开头四句为第一层,是写诗人潜行曲江,目睹乱后衰败凄凉景象而引起的深哀隐痛。从“忆昔霓旌下南苑”到“一笑正坠双飞翼”八句为第二层,是用追叙的手法极写昔日游苑之盛与杨妃的恃宠豪奢。表面上是写昔日之“乐”,但“乐”中含哀,以乐衬哀,倍增其哀。“明眸皓齿今何在”最后八句为第三层,乐极生悲,又从往昔跌回现实,悲杨

妃之不幸，哀国家之多难，愤叛军之猖獗。今昔对比，深悲巨痛，彻人心肺。哀乐关乎国运，哀江头，哀杨妃也，哀玄宗也，哀国破之痛也。全诗词婉而雅，意深而微，讽而含情，极尽开阖变化之妙。

---

1 少陵：为汉宣帝许皇后陵墓，在宣帝杜陵东南，杜甫曾住家于此，故自称“少陵野老”。吞声哭：犹饮泣。吞声，不敢出声。

2 潜行：秘密行走。曲江曲：指曲江深曲隐僻之地。曲江，在唐国都长安（今陕西西安）东南，当时为游赏胜地。

3 江头宫殿：指曲江边紫云楼、芙蓉苑、杏园、慈恩寺等建筑物。因无人居住，一片荒凉，故曰“锁千门”。

4 细柳新蒲：据康骈《剧谈录》卷下载，曲江“花卉环周，烟水明媚”，“入夏则菰蒲葱翠，柳阴四合，碧波红蕖，湛然可爱”。时当春日，蒲新生，柳丝细，故曰“细柳新蒲”。国破无主，无人欣赏，故曰“为谁绿”，三字沉痛。

5 霓旌：云霓般的彩色旗帜，指天子仪仗。南苑：指芙蓉苑，在曲江之南。

6 生颜色：谓皇帝游幸，万物增辉。

7 昭阳殿：汉代宫殿名，汉成帝皇后赵飞燕居昭阳殿，甚得宠幸，此以赵飞燕比玄宗杨贵妃。

8 同辇随君：《汉书·外戚传》载：汉成帝游于后庭，欲与班婕妤同辇载，婕妤推辞，以为圣贤之君当有名臣在侧，三代末主乃有嬖女，成帝善其言而止。此暗用班婕妤事以讽玄宗和贵妃。辇，皇帝乘坐的车子。

9 才人：宫中女官名。

10 啮（niè）：咬。黄金勒：以黄金为饰的马嚼口。《明皇杂录》卷下："上将幸华清宫，贵妃姊妹竞车服"，"竞购名马，以黄金为衔勒，组绣为障泥"。

11 仰射云：仰射空中飞鸟。一笑：指杨贵妃因才人射中飞鸟而为之一笑。正坠双飞翼：已暗含玄宗、贵妃马嵬死别事。

12 明眸皓齿：指杨贵妃。二句指杨贵妃在马嵬坡被缢死事。马嵬坡，在今陕西兴平市北，西距长安百余里。归不得，一是贵妃已死，二是长安沦陷，故云。昔之"明眸皓齿"与今之"血污游魂"形成强烈而鲜明的对比。

13 清渭东流：指贵妃藁葬渭滨。马嵬南滨渭水，由西向东流向长安。剑阁：在今四川剑阁县北，为玄宗西行入蜀所经之地。

14 去住彼此：指玄宗、贵妃，去指玄宗幸蜀西去，住指贵妃死葬渭滨。彼去此住，生死相隔，故曰"无消息"。

15 臆：胸膛。

16 岂终极：是指水自流，花自开，无知无情，年年依旧，永无尽期。终极，犹穷尽。水：一作"草"。岂终极与上句"人生有情”相对，又与前“为谁绿”相照应。

17 胡骑：指安史叛军。

18 欲往：犹将往。城南：原注：“甫家居城南。”时已黄昏，应回住处，故欲往城南。望城北者，是望官军之北来收复长安。时肃宗在灵武，地处长安西北。《悲陈陶》“都人回面向北啼，日夜更望官军至”，亦是此意。

春　望

国破山河在，城春草木深[1]。
感时花溅泪，恨别鸟惊心[2]。
烽火连三月，家书抵万金[3]。
白头搔更短，浑欲不胜簪[4]。

至德二载(757)三月，杜甫陷贼长安，伤春感时而作此诗。上四写春望之景，睹物伤怀，妙在寓情于景，情景交融。下四，抒春望之情，忧乱思家之心，宛然在目。全诗语语沉痛，字字血泪凝成，国破家亡之深忧巨痛，读来撼人心魄。前人许为“第一等好诗”。

1　国破：谓长安陷落。国，指国都。山河在：山河依旧。草木深：草木丛生，意谓人烟稀少。

2　感时：感伤时局。花溅泪：见花开而溅泪。鸟惊心：闻鸟鸣而心惊。

3　烽火：战火。连三月：指接连三个月不断，谓整个春天都在打仗。一说连逢两个三月，谓从去年到现在一直在打仗，亦通。家书：家信。抵万金：极言家书之难得。抵，抵挡。上句忧乱感时，下句思家恨别；下句因上句而生。二句极写战乱之久、思家之切。

4 白头:指白发。短:短少。浑欲:简直,几乎。不胜:犹不能。簪:用来束发于冠的饰具。自言发白更短,乃忧乱思家所致,拳拳爱国之心,跃然纸上。

述　怀

去年潼关破，妻子隔绝久[1]。
今夏草木长，脱身得西走[2]。
麻鞋见天子，衣袖露两肘[3]。
朝廷愍生还，亲故伤老丑[4]。
涕泪授拾遗，流离主恩厚[5]。
柴门虽得去，未忍即开口[6]。
寄书问三川，不知家在否[7]。
比闻同罹祸，杀戮到鸡狗[8]。
山中漏茅屋，谁复依户牖[9]？
摧颓苍松根，地冷骨未朽[10]。
几人全性命，尽室岂相偶[11]？
嵚岑猛虎场，郁结回我首[12]。
自寄一封书，今已十月后[13]。
反畏消息来，寸心亦何有[14]？
汉运初中兴，生平老耽酒[15]。
沉思欢会处，恐作穷独叟[16]。

至德二载(757)夏，杜甫自贼中窜归凤翔行在，拜左拾遗，惊魂稍定，因思及在鄜州三川的妻儿而作此诗。诗以念家

为主，而又无不与国家命运联系在一起。前十二句，概述思怀的来由，包括了动荡中诗人及家庭的遭遇，引起全诗。“寄书问三川”以下十二句，都是作者的推想之词，将焦灼不安的心境淋漓尽致地表现出来。“自寄一封书”以下八句，承上段的揣想进一步拓展诗境，抒发其忠爱之情、忧患之意，可谓深细入微。

---

1 “去年”二句：天宝十五载（756）六月，安禄山破潼关，玄宗仓皇奔蜀。七月，太子李亨即位灵武，是为肃宗，改元至德。八月，杜甫只身投奔灵武，途中被叛军俘至长安，与家人隔绝，至此已近一年，故云“隔绝久”。

2 今夏：指至德二载（757）四月。草木长：比较容易隐蔽逃脱。陶渊明《读山海经》：“孟夏草木长。”凤翔在长安西，故云“西走”。

3 “麻鞋”二句：写刚逃至凤翔时衣履不整的狼狈窘迫之状。

4 愍：同“悯”，哀怜。亲故：亲友故旧。老丑：形容憔悴苍老。

5 “涕泪”二句：因感激皇帝授官而涕零，更因身处艰苦乱离中得官，才倍觉皇帝恩情之厚。至德二载五月，肃宗任命杜甫为左拾遗。

6 “柴门”二句：谓刚授拾遗，不便开口请假探亲。柴门，指在鄜州的家。

7 寄书：寄家信。三川：县名，治今陕西富县三川驿，唐属鄜州。杜甫家即在三川。

8 “比闻”以下八句，都是作者的推想之词。反映了安史之乱祸及面之大之广之深之残酷。比闻，近来听说。罹祸，遭难。

9 “山中”二句：担心在鄜州的家属遭遇不测。茅屋、户牖，都指自己的家。

10 “摧颓”二句：是作者所作最坏的推测，大概家人已死于叛军之手，尸骨埋于苍松之下，不知腐烂没有。摧颓，摧残，摧毁。

11 “几人”二句：是说希冀全家团聚岂不是做梦？全，保全。尽室，全家。偶，偶然，侥幸。

12 嵚(qīn)岑：山高峻貌。猛虎场：指叛军纵乱之地。猛虎，喻叛军的残暴。郁结：心中的疙瘩。回我首：思念顾望。

13 “自寄”二句：言久未得家中回信。十月，指经过了十个月。

14 “反畏”二句：将战乱中因家人生死未卜而忐忑不安的微妙心情活现纸上，真切感人。书断则疑，书来则畏，害怕带来难以承受的噩耗。

15 汉运：以汉喻唐，谓唐朝国运。初中兴：这时两京都还未收复，但形势已经有了转机，故云。耽酒：嗜酒。

16 “沉思”二句：痛言自己幻想全家欢聚的奢望，恐怕会变成孤老一人的悲惨结局。穷独叟，孤独穷苦的老人。

彭衙行

忆昔避贼初[1]，北走经险艰。
夜深彭衙道[2]，月照白水山[3]。
尽室久徒步，逢人多厚颜[4]。
参差谷鸟鸣，不见游子还[5]。
痴女饥咬我，啼畏虎狼闻。
怀中掩其口，反侧声愈嗔[6]。
小儿强解事，故索苦李餐[7]。
一旬半雷雨，泥泞相牵攀[8]。
既无御雨备[9]，径滑衣又寒。
有时经契阔，竟日数里间[10]。
野果充餱粮，卑枝成屋椽[11]。
早行石上水，暮宿天边烟[12]。
少留同家洼[13]，欲出芦子关[14]。
故人有孙宰[15]，高义薄曾云[16]。
延客已曛黑，张灯启重门[17]。
暖汤濯我足，剪纸招我魂[18]。
从此出妻孥，相视涕阑干[19]。
众雏烂熳睡，唤起沾盘飧[20]。
誓将与夫子，永结为弟昆[21]。

遂空所坐堂，安居奉我欢[22]。
谁肯艰难际，豁达露心肝[23]？
别来岁月周[24]，胡羯仍构患[25]。
何当有翅翎，飞去堕尔前[26]？

至德元载（756）六月，安史叛军攻陷潼关，杜甫携家从白水逃往鄜州，路经同家洼（在彭衙北），受到友人孙宰的盛情接待，一直铭记不忘。至德二载闰八月，杜甫由凤翔回鄜州，途经彭衙，忆及往事，但不能绕道相访，故作此诗以志感。诗以绝大篇幅忆及去年逃难遇孙宰时受到的热情招待，表现了故人间的深挚友谊，真实感人，明白如话，充分显示了诗人写实的才能和坦荡的胸怀。

1 “忆昔”句：指去年六月避兵乱事。通篇都是追述往事，只末六句是作者的感慨，故用“忆昔”领起。

2 彭衙：地名，故址在今陕西白水县东北六十里。

3 白水山：白水县的山。

4 “尽室”二句：是说全家人长途跋涉，非常狼狈，逢人难免厚颜求食，窘迫异常。尽室，全家。厚颜，感到惭愧。

5 “参差”二句：写谷鸟啼鸣，一路荒凉，少有人还。参差，杂乱，不整齐，此指鸟儿上下翻飞。游子，指逃难外出的人。

6　“痴女”四句：写小女儿饿得直咬人，大人因怕哭声被虎狼听到，在怀里捂住她的嘴不让出声，但小孩因感到不舒服，哭得更厉害了。反侧，挣扎。嗔，怒哭声。

7　强解事：稍懂事。强，稍微。故：故意。苦李：一种野生李子。二句是说小儿们稍微懂点事，故意要苦李吃，借以转移小妹妹的注意力，使她止哭。

8　“一旬”二句：十天里有一半是雷雨天，全家在泥泞里相互牵扶着行走。

9　御雨备：指雨具。

10　“有时”二句：谓有时候经过难走的地方，一整天只能走几里路。经契阔，是说碰到特别难走处。竟日，整天。

11　“野果”二句：谓以野果充饥，在树下露宿。𫗦（hóu）粮，干粮。卑枝，低树枝。椽，屋顶上的圆木。

12　“早行”二句：写全家旅途苦况。因多雷雨天，故老在水里走；因露宿山中，故多伴山间雾气。

13　少留：短期逗留。同家洼：孙宰所居村庄，当在白水县境内。

14　芦子关：关隘名，是陕北关防要地。

15　故人：老朋友。孙宰：生平不详。

16　薄曾云：形容义气之高。薄，迫近。曾，通“层”。

17　延：邀请。已曛黑：已经是日落昏黑。启重门：打开层层门户。

18 暖汤：热水。濯：洗。剪纸招魂：是古代民俗，表示给途中备受惊险的诗人一家压惊。

19 从此：接着。出妻孥：又唤出家人。涕阑干：涕泪纵横的样子。

20 “众雏”二句：写孩子们已经疲惫地睡着了，又把他们叫起来吃饭。烂熳睡，睡得十分香甜的样子。沾盘飧（sūn），吃晚饭。飧，晚饭。

21 “誓将”二句：是孙宰对杜甫说的话，要永远结为兄弟。夫子，对杜甫的尊称。弟昆，兄弟。

22 “遂空”二句：写孙宰把房间腾出来，安排杜甫一家安然住下。

23 “谁肯”二句：总结以上十四句，进一步表示自己的感激。豁达，待人宽厚。露心肝，推心置腹，极言坦诚相待。

24 岁月周：已满一年。

25 胡羯：指安史叛军。构患：制造灾祸。

26 何当：怎能。翅翎：翅膀。堕：落下。尔：指孙宰。

羌村[1]三首（其一）

峥嵘赤云西[2]，日脚下平地[3]。
柴门鸟雀噪，归客千里至。
妻孥怪我在[4]，惊定还拭泪。
世乱遭飘荡，生还偶然遂[5]。
邻人满墙头，感叹亦歔欷[6]。
夜阑更秉烛，相对如梦寐[7]。

至德二载(757)五月，房琯罢相，杜甫因上疏营救，触怒肃宗，诏三司推问，幸宰相张镐说情，始得免。闰八月，墨敕放还，从凤翔回鄜州的羌村探望家小。这组诗是初到家后所作。共三首，这里选的是第一首，写战乱中流离失散的亲人相见，悲喜交集。诗写得朴素精警，真挚动人。通首以“惊”字为线，始而鸟雀惊，继而妻孥惊，继而邻人惊，最后并自己亦惊。总是乱后生还，真如梦寐，全用侧面烘托法，婉转周至，跃然目前。

1 羌村：在鄜州城北，旧址在今陕西富县西北十公里茶坊镇大申号村。

2 峥嵘：山高貌，此处形容云峰。赤云：云为落日映红，故云。

3 日脚:云间透出的阳光。

4 妻孥(nú):本指妻和子,此处仅指妻。

5 飘荡:颠沛流离。遂:如愿。战乱中侥幸不死,喜与家人团聚,故曰“偶然遂”。

6 歔欷(xū xī):哽咽,抽泣。

7 “夜阑”二句:写乱离中与亲人久别乍逢情状,逼真传神。夜深不寐,秉烛相对,面面相觑,疑信参半,犹似在梦中。夜阑,夜深。

北　征

皇帝二载秋，闰八月初吉[1]。
杜子将北征，苍茫问家室[2]。
维时遭艰虞，朝野少暇日[3]。
顾惭恩私被，诏许归蓬荜[4]。
拜辞诣阙下，怵惕久未出[5]。
虽乏谏诤姿，恐君有遗失[6]。
君诚中兴主，经纬固密勿[7]。
东胡反未已，臣甫愤所切[8]。
挥涕恋行在，道途犹恍惚[9]。
乾坤含疮痍，忧虞何时毕[10]？
靡靡逾阡陌，人烟眇萧瑟[11]。
所遇多被伤，呻吟更流血[12]。
回首凤翔县，旌旗晚明灭[13]。
前登寒山重，屡得饮马窟[14]。
邠郊入地底，泾水中荡潏[15]。
猛虎立我前，苍崖吼时裂[16]。
菊垂今秋花，石戴古车辙[17]。
青云动高兴，幽事亦可悦[18]。
山果多琐细，罗生杂橡栗[19]。

或红如丹砂，或黑如点漆[20]。
雨露之所濡，甘苦齐结实[21]。
缅思桃源内，益叹身世拙[22]。
坡陀望鄜畤，岩谷互出没[23]。
我行已水滨，我仆犹木末[24]。
鸱鸟鸣黄桑，野鼠拱乱穴[25]。
夜深经战场，寒月照白骨[26]。
潼关百万师，往者散何卒[27]！
遂令半秦民，残害为异物[28]。
况我堕胡尘，及归尽华发[29]。
经年至茅屋，妻子衣百结[30]。
恸哭松声回，悲泉共幽咽[31]。
平生所娇儿，颜色白胜雪[32]。
见耶背面啼，垢腻脚不袜[33]。
床前两小女，补绽才过膝[34]。
海图坼波涛，旧绣移曲折。
天吴及紫凤，颠倒在裋褐[35]。
老夫情怀恶，呕泄卧数日[36]。
那无囊中帛，救汝寒凛慄[37]？
粉黛亦解包，衾裯稍罗列[38]。
瘦妻面复光，痴女头自栉[39]。

学母无不为，晓妆随手抹[40]。
移时施朱铅，狼籍画眉阔[41]。
生还对童稚，似欲忘饥渴[42]。
问事竞挽须，谁能即嗔喝[43]？
翻思在贼愁，甘受杂乱聒[44]。
新归且慰意，生理焉得说[45]？
至尊尚蒙尘，几日休练卒[46]。
仰观天色改，坐觉妖氛豁[47]。
阴风西北来，惨淡随回纥[48]。
其王愿助顺，其俗善驰突[49]。
送兵五千人，驱马一万匹[50]。
此辈少为贵，四方服勇决[51]。
所用皆鹰腾，破敌过箭疾[52]。
圣心颇虚伫，时议气欲夺[53]。
伊洛指掌收，西京不足拔[54]。
官军请深入，蓄锐可俱发[55]。
此举开青徐，旋瞻略恒碣[56]。
昊天积霜露，正气有肃杀[57]。
祸转亡胡岁，势成擒胡月[58]。
胡命其能久？皇纲未宜绝[59]。
忆昨狼狈初，事与古先别[60]。

奸臣竟菹醢，同恶随荡析[61]。
不闻夏殷衰，中自诛褒妲[62]。
周汉获再兴，宣光果明哲[63]。
桓桓陈将军，仗钺奋忠烈[64]。
微尔人尽非，于今国犹活[65]。
凄凉大同殿，寂寞白兽闼[66]。
都人望翠华，佳气向金阙[67]。
园陵固有神，扫洒数不缺[68]。
煌煌太宗业，树立甚宏达[69]。

至德二载（757）闰八月，杜甫被墨敕放还鄜州（今陕西富县）省家，这首诗就是归家后写的。北征，即北行。因鄜州在凤翔东北，故曰“北征”。题下原注：“归至凤翔，墨制放往鄜州作。”全诗140句，700字，是杜集中最长的一首五言古诗。诗以归途中和回家后的亲身见闻为题材，以陈述时事为主，表达了诗人对政局的见解。作者把国家大事与个人遭遇相结合，广泛而深刻地反映了当时的社会现实，表现了深沉的忧国忧民情怀。全诗可分为五大段：从开头到“忧虞何时毕”为第一大段，写奉诏探家、动身之前的复杂矛盾心情；从“靡靡逾阡陌”到“残害为异物”为第二大段，写归家途中的所见所闻所感；从“况我堕胡尘”到“生理焉得说”为第三大段，写归家以后的悲喜情况；从“至尊尚蒙尘”到“皇纲未宜绝”为第四大段，写对时政的意见，对借兵回纥，表示忧虑；从“忆昨狼狈初”到结束为第五大段，是全诗的总结，也是对安史之乱的初步总结。激励肃宗继承太宗遗业，完成中兴大业。这是杜甫最有名的巨制之一，全篇铺陈终始，夹叙夹议，表情曲折，描写细腻，结构完整，充分体现了杜诗博大精深、沉郁顿挫的风格，向被誉为“古今绝唱”。

---

1 皇帝二载：即肃宗至德二载（757）。初吉：朔日，即阴历每月初一。一说自朔日至上弦（初八日）为初吉。

2 杜子：杜甫自谓。苍茫：怅惘貌。因时当世乱，家信难至，不知家中情形究竟如何，加之忧时伤乱，恋阙难舍，所以有苍茫之感。问：探望。

3 维时：犹是时、当时。艰虞：指紧张困难的局势。暇日：闲暇的日子。

4 “顾惭”二句：是说自感惭愧，皇帝的恩泽加于我个人，诏许回家探望。其实是话中有话，为什么在“朝野少暇日”这么紧张的关头，放杜甫回家探亲呢？是因为疏救房琯惹恼了肃宗，才墨敕放还，这是变相的放逐。蓬荜，用草和树枝搭成的简陋房屋，指贫苦人家。

5 拜辞：拜别。诣：到。阙下：宫阙，指朝廷。怵惕：惶恐不安貌。久未出：言依恋而不忍去。

6 谏诤：直言规劝。谏诤姿：谏官的品质和才干。杜甫为左拾遗，谏诤是他的职责。虽乏：是谦辞。君：指肃宗。

7 中兴主：复兴国家的君主，指肃宗。经纬：指治理国家。密勿：为双声，声转为黾勉，意为努力。

8 安禄山本营州柳城（今辽宁朝阳）胡人，故称“东胡”。这年正月，其子安庆绪杀父自立，据洛阳称帝，继续作乱，故云“反未已”。对此，杜甫愤恨之极，故曰“愤所切”。

9 行在：行在所的简称，天子所居之地，指肃宗临时所在地凤翔。恍惚：心神不宁貌。“挥涕”二句：谓恋阙难舍，挥泪而别，回家途中，依然精神恍惚。

10 乾坤：天地，天下。疮痍：创伤。忧虞：忧虑，忧愁。“乾坤”二句：是说因安史之乱的破坏，遍地疮痍，自己忧国忧民，何时能了？

11 靡靡：行步迟缓貌。逾：跨越。阡陌：田间小路，南北曰阡，东西曰陌。眇：少。萧瑟：萧条，荒凉。二句谓因战乱破坏，沿途所见，人烟稀少，一片荒凉。

12 “所遇”二句：谓沿途所见，多是受伤流血的人（包括兵与民）。

13 回首：因心在朝廷，故不时回望。凤翔县：即行在所。旌旗飘动，在落日余照中，或隐或现。

14 “前登”二句：言前行登上重重寒山，多次碰到饮马的水池。重，重叠。饮马窟，饮马用的水池，正是战争遗留的痕迹。

15 邠（bīn）：邠州，今陕西彬州市。郊：郊原。邠州郊原是个盆地，从山上往下看，如在地底，故曰“入地底”。泾水：即今泾河，为渭河支流，从邠州北境流过。荡潏（yù）：水流动貌。

16 “猛虎”二句：承前写山势险峻难攀。苍崖状如猛虎，蹲踞于前，怪石嶙峋开裂，好像猛虎张口吼叫似的。

17 戴：印上之意。这句是说古老的山路上留有车辙的痕迹。

18 “青云”二句：是说走在山上，头顶青天，凭高望远，激起极高的兴致，连山中幽微的景物也令人喜悦。幽事，指山中景物。

19 琐细：细小。罗生：丛生。橡栗：即栎树的果实，似栗而小，长圆形，又名橡子。

20 丹砂：即朱砂。点漆：黑而发亮。二句形容山果或红或黑的色泽。

21 “雨露”二句：言草木只要受到雨露滋润，无论其实或甘或苦，在秋天都会结果。这是大自然的恩赐。言外感叹人反不能及。濡，滋润。

22 缅思：遥想。桃源：即陶渊明《桃花源记》所写的世外桃源。诗人见山水清幽如桃花源，令人向往，更加感叹自己身处尘世的愚拙。

23　坡陀：山冈起伏不平貌。鄜畤(zhì)：指鄜州。春秋时，秦文公在此筑坛以祭神，称为鄜畤。畤，祭祀天地及古代帝王的坛场。杜甫家在鄜，望鄜畤实即望家。岩谷：山岩和深谷。互：交互。

24　"我行"二句：是说自己已经下山到达水滨，而仆人还走在山上，隐含急于到家与妻子相见的迫切心情。犹，尚。木末，树梢，指山上。

25　鸱鸟：即鹞鹰。一作"鸱枭"，即猫头鹰，专吃鼠、兔一类小动物。拱乱穴：谓野鼠乱扒洞。一说山陕田野中，有一种黄鼠，见人则交其前爪而立，如人拱手作揖，称为拱鼠，又名礼鼠。拱，用力扒开，用力掀开。

26　寒月照白骨：描写夜间所见战场恐怖惨状。

27　以下四句即因上二句所见而联想到去年的潼关之败，所以说"往者"。天宝十四载十二月，安禄山陷洛阳，玄宗命哥舒翰率兵二十万守潼关。因杨国忠促战，被迫出关迎敌。十五载六月，大败于灵宝，全军溃散，死者数万。百万师，非实指，极言其多。卒，同"猝"，仓促。

28　"遂令"二句：接上言哥舒翰战败后，遂使众多秦地百姓，为叛军所残杀。半秦民，极言其多。为异物，化为异物，指死亡。

29　堕胡尘：身陷贼中，指被俘至长安事。及归：指由长安逃至凤翔。尽华发：头发都花白了。

30 经年：杜甫于去年八月离开鄜州，今年闰八月才回到家中，整整经过了一年。茅屋：指在鄜州的家。衣百结：形容衣服破烂不堪，打满补丁。

31 “恸哭”二句：谓家人乍见恸哭之声使松涛、泉流都为之共鸣。恸哭，痛哭，大哭。幽咽，低声哽咽。

32 所娇儿：所宠爱的孩子，指宗文、宗武等。白胜雪：回想离家那时娇儿的容颜是雪白可爱的，而如今呢，即是下二句所写之惨状。

33 耶：通“爷”，俗称父曰爷。背面啼：因怕生而背过脸去哭。垢腻：肮脏。不袜：光着脚。形容穷苦之极。

34 补绽：指缝补过的旧衣。才过膝：刚到膝盖，言衣裳短小。

35 四句是说用绣有海景波涛的旧衣料来缝补裋褐，所以天吴、紫凤这些图案，被“曲折”“颠倒”得东倒西歪。坼（chè），裂开。天吴，虎身人面，是八首八足八尾的水神。波涛、天吴、紫凤，都是指“旧绣”的花纹和图案。裋（shù）褐，粗布短衣。

36 情怀恶：心情不好。呕泄：上吐下泻。卧：卧病。

37 那无：奈何没有。其实并不是没有，而是说稍微有一些，与下文“衾裯稍罗列”互文见义。那，犹“奈”。凛慄：冻得发抖。

38 粉黛：古代妇女用的化妆品。粉，用以搽脸。黛，用以画眉。解包：打开包袱。衾裯：被与帐。

39 面复光：脸上又见了光泽。头自栉：自己梳头。栉（zhì），梳、篦一类梳发用具。这里名词作动词用。

40 无不为:事事照着作。随手抹:信手胡乱涂抹。

41 移时:过了一段时间。朱铅:指胭脂和铅粉。狼藉:散乱不整,言把眉毛画得不成样子。

42 "生还"二句:是说在战乱中生还,见到孩子们,高兴得好像忘了饥渴。

43 "问事"二句:写来家时间一长,孩子们就无拘无束地争着扯着他的胡须问这问那,可谁又忍心发怒喝止他们呢。问事,问这问那,诸如陷贼和逃归等事。嗔喝,发怒呵斥。

44 "翻思"二句:是说孩子们虽然吵闹,但回想在长安陷贼时思归不得的愁苦,却感到是一种乐趣。翻思,回想。聒(guō),声音嘈杂,吵闹。

45 "新归"二句:意谓历尽艰难,能活着归来就已经很欣慰了,至于一家的生计又怎么谈得到呢?慰意,心情获得慰藉。生理,生计。

46 至尊:皇帝。蒙尘:君主流亡在外,蒙受风尘之苦。此指玄宗奔蜀,肃宗在凤翔,都未回长安。几日:犹何时。休练卒:指战乱停止。

47 "仰观"二句:谓时局有好转的迹象。天色改,气运改变,中兴有望。坐觉,顿觉。妖氛,指叛军气焰。豁,裂开,澄清。

48 "阴风"二句:写至德二载九月,肃宗听从郭子仪建议,借兵回纥平乱。回纥怀仁可汗派遣太子叶护及将军帝德将兵四千余人至凤翔，表示愿意帮助唐朝收复两京。回纥，即今维吾尔族。惨淡，黯淡无光貌。因杜甫反对向回纥借兵，认为后患无穷，故以阴风、惨淡来形容回纥兵的剽悍和杀气腾腾。因回纥居住我国西北，故曰“西北来”。

49 其王：指回纥怀仁可汗。李唐是正统天子，安史叛乱为逆，助唐平叛，乃顺天之意，故曰“助顺”。善驰突：善于骑马作战。

50 回纥兵善骑射，一人备两马，故曰“一万匹”。

51 此辈：指回纥兵。少为贵：人数少而战斗力强。一说杜甫认为应少借回纥兵以免难治。或谓回纥以少壮为贵。服勇决：都服其骁勇果决。

52 “所用”二句：言所来皆精兵。鹰腾，像鹰一样飞腾搏击。过箭疾，极言破敌之速，迅疾如箭。

53 “圣心”二句：写肃宗一心想倚赖回纥平定安史之乱，当时朝中虽有不赞成借兵的，但慑于皇帝威严，也不敢坚持。史载，回纥军至凤翔后，肃宗接见叶护，“宴劳赐赉，惟其所欲”，并命广平王李俶和叶护结为兄弟。圣心，皇帝之意。虚伫，虚心期待。时议，指当时持不同意见的议论。

54 “伊洛”二句：言收复东、西两京（洛阳和长安），易如反掌。伊、洛，二水名，均流经洛阳。指掌收，形容很快就能收复。西京,长安。不足拔,不堪一击。

55 官军:唐朝军队。请深入:应该深入敌后。蓄锐:养精蓄锐,指精兵。可俱发:谓官军与回纥一同进击。

56 “此举”二句:谓收复两京后,要乘胜打开青、徐,然后北略恒、碣,直捣叛军老巢。此举,指上述唐军与回纥联合进攻。青、徐,青州、徐州,今山东、苏北一带。旋瞻,转眼之间。略,攻取。恒、碣,恒山和碣石山,指山西、河北一带。

57 昊天:秋天。秋于五行属金,有肃杀之气。杜甫认为自然界时当肃杀的秋天,平叛局势的发展应是与其相一致的,国家正宜于此时一举肃清妖氛,平定叛乱。

58 上句与下句互文见义,意谓叛军灭亡被擒,当在今年秋季。祸转:厄运已经转到叛军一边。

59 其:义同“岂”。皇纲:皇朝的纲纪,指唐王朝的正统地位。绝:断绝。

60 上句乃追忆去年潼关失守、玄宗逃往四川的事。狼狈初:指玄宗仓皇出走。与古先别:与古代君王遭遇到类似情况时的处置有所不同,指下文奸臣被铲除事。

61 奸臣:指宰相杨国忠。竟:最终。菹醢(zū hǎi):剁成肉酱。同恶:指杨国忠的亲属和党羽。荡析:扫荡,消灭。二句乃指以下史实:至德元载六月,龙武大将军陈玄礼领禁兵扈从玄宗逃难入蜀,至马嵬驿,发动兵变,诛杀杨国忠,军士“争啖其肉且尽，枭首以徇”。韩国、虢国二夫人亦为乱兵所杀。国忠之妻裴柔与子晅、晞等，也都被杀。其余党羽或被杀，或坐诛。

62 “不闻”二句：谓周幽王宠爱褒姒，殷纣王宠爱妲己，招致亡国之祸。这与玄宗之宠杨贵妃引起安史之乱情况虽相似，但玄宗能从国家大局出发，同意将杨贵妃缢死，是与历史上的亡国之君不同的。此即上文所云“事与古先别”之意。夏殷，宋人马永卿引作“商周”，胡仔认为当作“殷周”，以与下句“褒妲”对应，似通。然下文有“周汉”，似犯重复。仇兆鳌则以“夏殷”为是，为了对应，擅将“褒妲”改为“妹妲”，即妹喜（夏桀宠幸美女）、妲己。其实不必拘泥，顾炎武曰：“不言周，不言妹喜，此古人互文之妙。”（《日知录》卷27）言夏、殷，实亦包括周；言褒姒、妲己，实亦包括妹喜。

63 周汉：喻唐朝。宣光：周宣王和东汉光武帝刘秀，两人都是中兴之主。这里指肃宗，期望肃宗再复兴唐室。

64 桓桓：勇武貌。陈将军：即陈玄礼。仗钺奋忠烈：指陈玄礼率兵杀死杨国忠及其党羽事。钺，古代兵器，形似大斧。

65 微：没有。尔：指陈玄礼。二句谓假如没有你，人们已非唐朝的臣民；由于有了你，到现在国家还存在。

66 大同殿：在长安兴庆宫勤政楼北，玄宗常在此朝见群臣。白兽闼：即白兽门，长安宫中禁苑南门，在凌烟阁之北、太极殿西南。言旧宫殿之凄凉、寂寞，是表达人民期盼皇帝早日收复京城，即下文之“望翠华”。

67 都人：京都长安的人民。翠华：以翠羽为饰的旗，为皇帝所用仪仗。佳气：中兴、祥瑞之气。金阙：指朝廷。二句谓人民渴盼皇帝回来，光复长安。

68 园陵：唐历代帝王的陵墓。固有神：言有先帝的神灵护佑。扫洒：祭扫。数：礼数。以上四句即上云“皇纲未宜绝”之证。

69 煌煌：光明宏大貌。二句谓唐太宗李世民所开创的唐朝基业宏伟昌盛，光照后世。这是诗人对唐朝开国之君的赞颂，也是对唐肃宗中兴唐室的期望。唐太宗是唐王朝的实际缔造者，又有“贞观之治”的政治典范，故称“太宗业”。宏达，宏伟昌盛。

春宿左省[1]

花隐掖垣暮，啾啾栖鸟过[2]。
星临万户动，月傍九霄多[3]。
不寝听金钥，因风想玉珂[4]。
明朝有封事，数问夜如何[5]。

乾元元年(758)春作。写杜甫在左省值夜时的所见所闻所感,诗人那种小心翼翼、兢兢业业的情态,宛在目前。前人称誉此诗为“五言近体中之精妙者”。所谓“精妙”,即指全诗章法谨严,针线细密,情景交融,含蓄蕴藉,宛如一件耐人观赏的精致工艺品,极富艺术感染力。此诗就结构而言,上四写宿省之景,下四写宿省之情。首联二句写薄暮之景,字字点题。颔联二句生动地写出了帝居之夜的特异景象。颈联出句“不寝”二字束上启下。二句写作者宿直左省,谨于职守。末联二句交代“不寝”的原因。而“数问”二字,更活现出诗人诚惶诚恐、战战兢兢的紧张心理状态。

1 宿:宿直,即今所谓值夜班。左省:即门下省。据《唐六典》载:东内大明宫宣政殿前有两廊,各有门,其东曰日华,日华之东为门下省,故称东省,亦称左省,又称左掖。杜甫时任左拾遗，属门下省，故题曰“左省”。

2　掖垣：本谓宫殿围墙。唐代门下、中书两省称左右掖垣，此指左掖，点题中“左省”。花、鸟点“春”。啾啾：象声词，此指鸟鸣声。栖鸟：归巢之鸟。

3　临：照临。傍：靠近。上句写月出之前景象，月未出则星倍明，星斗满天，照临宫中千门万户，金碧辉映，流光溢彩，“动”字传神。少焉月出九霄之上，则入夜渐深。九霄：语意双关：一谓天穹高远，一喻帝居尊崇。君门深邃，宫殿高耸云霄，与月为近，故得月独多，“多”字奇警。

4　金钥：即金锁，此指开启宫门锁钥的响动声，故用“听”字。玉珂：即马铃，以贝饰之，色白如玉，振动有声。

5　封事：即密封的奏章。唐代拾遗，掌供奉讽谏，大事廷议，小则上封事。数（shuò）：屡次。

至德二载甫自京金光门出间道归凤翔乾元初从左拾遗移华州掾与亲故别因出此门有悲往事[1]

此道昔归顺[2]，西郊胡正繁[3]。
至今犹破胆，应有未招魂[4]。
近侍归京邑[5]，移官岂至尊[6]？
无才日衰老，驻马望千门[7]。

至德二载(757)二月，肃宗从彭原(今甘肃西峰)迁驻凤翔(今属陕西)。四月，杜甫从金光门逃出长安，间道奔赴凤翔行在，谒见肃宗。五月，被授为左拾遗。九月，长安收复。十月，肃宗从凤翔还长安。乾元元年(758)六月，杜甫因疏救房琯，直言获罪，被贬华州司功参军，又出金光门赴任，有感而作此诗。此诗写得委婉曲折，缠绵悱恻，很是得体。诗写得一句一转，风神欲绝，凄怆动人。

1 金光门：长安外郭城西面有三门，中曰金光门。间道：偏僻小路。掾：属官通称。华州掾：即指华州司功参军。华州，今陕西渭南市华州区。移：实即贬降，不说贬，而说移，是门面话。往事：即指由长安窜归凤翔事。诗题抚今追昔，不胜感慨。

2 归顺：指逃脱叛军，回归朝廷。

3 胡：指安史叛军。繁：多而乱。

4 破胆：丧胆。二句谓现在回想往事，尚觉胆战心惊，好像魂魄尚未招回似的。应，料想之词。

5 近侍：指左拾遗。拾遗为皇帝侍从谏官，故云。京邑：指华州，因属京城近畿，故曰“京邑”。

6 移官：实即贬官。至尊：皇帝。对肃宗不便直言，故曰“岂至尊”，反问见讽。

7 千门：指宫殿，形容门户之多。驻马望千门：写恋阙难舍之情。

九日蓝田崔氏庄[1]

老去悲秋强自宽，兴来今日尽君欢[2]。
羞将短发还吹帽，笑倩旁人为正冠[3]。
蓝水远从千涧落，玉山高并两峰寒[4]。
明年此会知谁健？醉把茱萸子细看[5]。

此诗当是乾元元年（758）杜甫出为华州司功参军时至蓝田而作。诗写九日聚会，首联为一篇纲领。“老去悲秋强自宽，兴来今日尽君欢”，字字对属，又多变化，才说悲秋，忽又自宽，以“自”对“君”甚切。颔联妙用典故，将一事翻作一联，孟嘉以落帽为风流，杜甫以不落为风流，不免含有老去悲秋之情。颈联则雄杰挺拔，振起精神。结联设问，意味深长，悠然无穷。诗虽悲秋叹老，意颇颓唐，语则老健。

1 九日：即九月九日重阳节。蓝田：县名，唐属京兆府，故城在今陕西蓝田县西。崔氏庄：为王维内兄崔季重的别业，又称东山草堂，杜甫有《崔氏东山草堂》诗。

2 强自宽：强自宽解。兴：兴致。

3 “羞将”二句：翻用孟嘉落帽事。《晋书·孟嘉传》载，嘉为桓温征西参军，温甚重之。九月九日，温在龙山宴会，僚佐毕集。有风将嘉帽吹落，嘉不之觉。温使左右勿言，欲观其举止。嘉良久如厕，温令取还之，命孙盛作文嘲嘉，著嘉坐处。嘉还见，即答之，其文甚美，四座嗟叹。倩（qìng），使。

4　蓝水：亦称蓝溪，为灞水支流，源出陕西商州西北秦岭，西北流入蓝田县界。玉山：即蓝田山，在县东二十八里。玉山去华山近，故曰“高并两峰”。“寒”字，见秋景萧瑟意。

5　此结穴于“老去悲秋”，与首句相应。此会：指九日相会。把：把玩。把玩者茱萸，看者亦茱萸。只因异乡逢此佳节，故而“知谁健”“醉把”“子细看”云云，才如此慷慨缠绵。茱萸：植物名，有浓烈香气。古时风俗，九月九日佩戴茱萸，以祛邪避灾。子细：同“仔细”。

洗兵马[1]

中兴诸将收山东，捷书夜报清昼同[2]。
河广传闻一苇过[3]，胡危命在破竹中[4]。
只残邺城不日得[5]，独任朔方无限功[6]。
京师皆骑汗血马，回纥喂肉葡萄宫[7]。
已喜皇威清海岱[8]，常思仙仗过崆峒[9]。
三年笛里《关山月》，万国兵前草木风[10]。
成王功大心转小[11]，郭相谋深古来少[12]。
司徒清鉴悬明镜[13]，尚书气与秋天杳[14]。
二三豪俊为时出，整顿乾坤济时了[15]。
东走无复忆鲈鱼[16]，南飞觉有安巢鸟[17]。
青春复随冠冕入，紫禁正耐烟花绕[18]。
鹤驾通宵凤辇备，鸡鸣问寝龙楼晓[19]。
攀龙附凤势莫当，天下尽化为侯王[20]。
汝等岂知蒙帝力？时来不得夸身强[21]。
关中既留萧丞相[22]，幕下复用张子房[23]。
张公一生江海客，身长九尺须眉苍[24]。
征起适遇风云会，扶颠始知筹策良[25]。
青袍白马更何有[26]？后汉今周喜再昌[27]。
寸地尺天皆入贡，奇祥异瑞争来送[28]。

不知何国致白环，复道诸山得银瓮[29]。
隐士休歌《紫芝曲》[30]，词人解撰《河清颂》[31]。
田家望望惜雨干，布谷处处催春种[32]。
淇上健儿归莫懒，城南思妇愁多梦[33]。
安得壮士挽天河，净洗甲兵长不用[34]！

全诗以喜胜利、颂中兴、望太平为大旨，而喜中含忧，颂中寓讽，意味深长，但义正词严，情深气壮，最见诗人深稳超拔的政治气度。全诗共分四段，每段一韵，每韵十二句，且平仄相间，笔力矫健，词气苍老，洵称杰作。王安石选杜诗，即以此为压卷之作。第一段写官军围邺，胜利在望之局势，望肃宗安不忘危，勿忘三年来君臣播迁、军民苦战之艰难。第二段盛赞郭子仪、李光弼等中兴名将整顿乾坤之功，喜收京后初见中兴气象。第三段讽朝廷滥封爵赏，望肃宗重新起用房琯、张镐等人，完成中兴大业。第四段喜胜利在望，祥瑞纷呈，祈盼乱定民康，天下太平。故以“安得壮士挽天河，净洗甲兵长不用”作结，以照应题目。

1　诗题一作“洗兵行”，题下原注：“收京后作。”此诗作年约有二说：一说作于乾元二年（759）春九节度兵溃相州（即邺郡，今河南安阳）以前；一说作于乾元元年三月至五月。当以

前说为近，时杜甫在洛阳。左思《魏都赋》云：“洗兵海岛，刷马江州。”诗题本此。

2 中兴诸将：指成王李俶、郭子仪、李光弼等。山东：古称华山或崤山以东地区为山东；一说太行山以东为山东。肃宗至德二载（757）十月，洛阳收复后，安庆绪出走河北，退守邺郡，唯据有七郡六十余城。十一月，张镐帅五节度兵攻下河南、河东诸郡县。乾元元年（758）九月，肃宗命郭子仪等九节度使合兵讨安庆绪于相州。十月，郭子仪自杏园（今河南卫辉东南）渡黄河，破安太清，斩首四千级，遣使告捷，随即克复卫州（今河南卫辉），前后斩首三万级，捕虏千人。十一月，崔光远克复魏州（今河北大名）。其余各处皆有捷报，昼夜接连不断，故下句说“捷书夜报清昼同”。杜甫乾元元年冬《华州试进士策问五首》所云“山东之诸将云合，淇上之捷书日至”，正指此。

3 此句喻官军渡河之易、之快。《诗经·卫风·河广》：“谁谓河广？一苇杭之。”此用其意。河，指黄河。苇，草名，此喻小船。此指郭子仪率军渡河破卫州。

4 这句是形容九节度从渡河到合围相州的胜利形势，谓在官军势如破竹的进攻之下，安史叛军的灭亡已在眼前。《晋书·杜预传》：“今兵威已振，譬如破竹，数节之后，皆迎刃而解，无复着手处也。”至德二载十一月，肃宗下制曰：“力战平凶，势若摧枯，易同破竹。”杜预为杜甫十三世祖，肃宗为当朝皇帝，诗用“破竹”二字，当是有意为之。

5　只残：只剩下。邺城：即相州。当时安庆绪困守邺城，岌岌可危。不日得：很快便可克复。

6　独任：专任。朔方：指朔方节度使郭子仪。当时肃宗命九节度使合攻安庆绪，唯恐郭子仪功高震主，故不立元帅，而以宦官鱼朝恩为观军容使，监督众军，致使王师虽众，军无统帅，进退无所承禀，贻误战机。这是造成后来九节度使兵溃邺城的根本原因。杜甫可谓有先见之明，故以诗谏言肃宗独任郭子仪，以成全功。

7　“京师”二句：写协助唐王朝平叛的回纥军在长安、洛阳一带驻扎。汗血马，西域所产骏马，因汗流如血，故称。两京收复后，回纥王子叶护回国，曾留兵屯驻沙苑。乾元元年（758）八月，回纥又派骁骑三千助讨安庆绪，是以京师多回纥良马。葡萄宫，为西汉长安上林苑内离宫。哀帝元寿二年（前1年），匈奴乌珠留单于来朝，居葡萄宫。此指至德二载十月，肃宗在大明宫宣政殿亲宴回纥叶护事。喂肉，以肉饲虎，以喻回纥强暴为患。

8　清海岱：谓今山东省一带叛贼业已肃清。乾元元年二月，安庆绪伪署北海（今山东青州）节度使能元皓以其地请降。海岱，东海及泰山，指今山东省一带。

9　仙仗：皇帝仪仗。崆峒：山名，在今甘肃境内。肃宗在灵武、凤翔时，往来常经过崆峒山。此句意谓时常回想当初肃宗即位灵武时之艰难，亦安不忘危之意。

10 三年：自天宝十四载（755）十一月安史之乱爆发，到写诗时的乾元二年（759）春，战争进行了三年多一点。《关山月》：汉乐府横吹曲名，多述戍边士兵伤别怀乡之思。万国：犹万方、处处。草木风：风声鹤唳，草木皆兵之意。二句是说三年来人民和士兵饱受战乱之苦。

11 成王：即太子李豫，初名俶，封广平郡王。至德二载十二月，进封楚王。乾元元年，三月徙封成王，四月立为皇太子，更名豫，即后来的代宗。功大：在收复两京中，李俶任天下兵马元帅。心转小：反而小心谨慎。

12 郭相：即郭子仪。子仪至德元载八月为兵部尚书、同中书门下平章事。乾元元年八月，又为中书令，故云。肃宗于乾元元年三月三日下制称赞子仪“识度弘远，谋略冲深”，“故能扫清强寇，收复二京。建兹大勋，成我王业”，“以今观古，未足多之”。此句正袭用制文语意。

13 司徒：指李光弼。至德二载四月，光弼以功加检校司徒。清鉴：清明之鉴识能力。光弼曾逆料史思明诈降，“终当叛乱”，故杜甫有此誉。

14 尚书：指王思礼，时为兵部尚书。思礼从广平王李俶收复两京，屡立战功。气与秋天杳：气度和秋天一样开朗高远。

15 二三豪俊：指上面提到的郭子仪、李光弼、王思礼等中兴诸将。为时出：应运而生，乘时奋起，犹言时势造英雄。整顿乾坤：再造国家。至德二载十月，郭子仪收复东都洛阳。是时，河东、河西、河南贼所盗郡邑皆平。寻入朝，肃宗亲劳之曰："虽吾之家国，实由卿再造。"济时：救济时危。了：完成。二句称誉郭子仪等人乘时奋起，完成中兴大业。

16 鲈鱼：用晋张翰事。吴人张翰，远宦洛阳，因见秋风起而思吴中莼羹、鲈鱼脍，乃叹曰："丈夫贵适志，焉能羁宦千里，以要名爵乎?"于是辞官命驾而返。此句反用其意，谓离乡之人民，皆得返乡安居，不须久忆鲈鱼脍也。

17 此句意谓欲南归者皆得南归，而无"何枝可依"之怨。

18 青春：绿意盎然之春天。冠冕：指百官。紫禁：皇宫。耐：相称、相配。烟花：春天艳丽之景色。二句意谓百官上朝，皇宫之新气象适与绿意盎然之明媚春光相辉映。

19 "鹤驾"二句：是说肃宗父子每天按时去向太上皇（玄宗）问安，明修父子之礼。传说周灵王太子晋乘白鹤仙去，故后世称太子之座车为鹤驾，此指太子李豫车驾。凤辇，皇帝车驾，此指肃宗车驾。鸡鸣，五更时分。问寝，问候起居。龙楼，皇帝住处，此指玄宗所居兴庆宫。至德二载十一月，肃宗在丹凤楼所下制书曰："今复宗庙于函洛，迎上皇于巴蜀；导銮舆而反正，朝寝门而问安；寰宇载宁，朕愿毕矣。"二句即化用制书之语。

20　“攀龙”二句：指攀附肃宗和张淑妃的宦官李辅国、鱼朝恩之流，他们藉灵武拥戴肃宗之功，回京后封官进爵，气焰嚣张，势倾朝野。此借讽肃宗封赏太滥。

21　“汝等”二句：痛斥攀龙附凤者并非真有本事，只不过一时侥幸得到皇帝的偏爱罢了。汝等，即指上述李辅国之流。蒙帝力，受到皇帝的偏爱。时来，逢时走运。

22　萧丞相：汉相萧何，这里借指房琯。刘邦为汉王时，以萧何为丞相，刘邦东征，留其镇抚关中，建立大功。房琯为玄宗奔蜀时任命的宰相，又奉册灵武，留相肃宗，“素有重名”，故以萧何作比。时虽罢相，出为邠州刺史，但邠州仍属关内道，地在关中，故曰“关中既留”。

23　张子房：汉朝张良，字子房，刘邦的重要谋臣，此借指张镐。镐随玄宗幸蜀，后肃宗擢为谏议大夫，寻代房琯为相，深谋远虑，故有此比。时镐罢为荆州大都督府长史，仍居幕府，故曰“幕下复用”。这时房琯、张镐二人皆已罢相，杜甫对他们特加推重，是希望肃宗再次加以重用。

24　“张公”二句：谓张镐半生未入仕，有如浪迹江海之客，身材魁梧，相貌不凡。须眉苍，形容其貌古神异。

25　征起：指天宝十四载（755），张镐自布衣召拜左拾遗。风云会：风云际会，指在动乱时期贤臣明主的遇合。扶颠：扶持国家之颠危。筹策：出谋划策。玄宗幸蜀，镐自山谷徒步扈从；肃宗即位，镐至凤翔，奏议多有弘益；睢阳危急，杖杀不肯援救张巡的闾丘晓；洞察史思明之伪降；预见许叔冀临难必变；两京收复，皆在张镐拜相之时。扶颠持危，卓有功绩，故曰“筹策良”。

26　青袍白马更何有：谓叛乱即将平灭。南朝梁侯景作乱，乘白马，衣青袍，欲以应“青丝白马寿阳来”之童谣谶语，此以侯景比安、史叛军首领。何有：言不难平定。

27　此句以历史上周宣王、东汉光武帝中兴之事比拟肃宗复兴唐室。

28　“寸地”二句：谓天下各地竞献奇祥异瑞。寸地尺天，犹言普天之下。

29　白环：古传虞舜时，西王母来朝，献白环、玉玦。银瓮：古传神灵滋液有银瓮，不汲自满。白环、银瓮都是指上文所云之祥瑞。不知、复道，是说献者之多。

30　此句是说隐士应出为世用，不应再避世了。《紫芝曲》，西汉初年隐士商山四皓所作之歌。

31　“隐士”句：是说文人们开始歌颂太平。《河清颂》，南朝宋文帝时，黄河水清，时人以为天下太平之吉兆，鲍照作《河清颂》，这里指歌颂太平的文章。

32　“田家”二句：写春耕时干旱，农民切盼雨水。望望，同

“惘惘”。布谷，即布谷鸟，鸣声如布谷（散布谷种，播种），为催耕之鸟。

33　淇上：淇水之滨，指邺城一带。淇水，即今河南淇河，原为黄河支流，南流至今卫辉市东北淇门镇入河。健儿：指围攻邺城之士兵。归莫懒：莫懒于早归也。思妇：出征士兵的妻子。

34　“安得”二句：谓哪里去求得壮士力挽天河之水而净洗甲兵永不再用，使天下永无征战而长享太平呢！表达了人民渴求太平的强烈愿望，故为人千古传诵。

赠卫八处士[1]

人生不相见，动如参与商[2]。
今夕复何夕，共此灯烛光[3]。
少壮能几时？鬓发各已苍。
访旧半为鬼[4]，惊呼热中肠[5]。
焉知二十载，重上君子堂[6]。
昔别君未婚，儿女忽成行[7]。
怡然敬父执[8]，问我来何方？
问答未及已[9]，驱儿罗酒浆[10]。
夜雨剪春韭，新炊间黄粱[11]。
主称会面难[12]，一举累十觞[13]。
十觞亦不醉，感子故意长[14]。
明日隔山岳[15]，世事两茫茫[16]。

诗写一别二十年的老友在战争乱离中忽然相见，乍惊乍喜，如梦如幻。“今夕复何夕，共此灯烛光”，真有九死一生之感。烛下相看，鬓发俱苍，询问旧友，半死为鬼，真是可悲可叹。而眼前所见，昔日小友，今已儿女成行，且极懂礼貌；老友情真，剪春韭，炊黄粱，罗酒浆，倾其所有，盛情款待，又令人可喜可感。久别重逢，悲喜交集，念旧情深，十觞不醉。但想到明日相别，后会无期，又不禁凄然茫然。诗将一夜的情事娓娓叙来，平易真切，质朴无华，生动自然，表现了战乱年代人所共有的"沧海桑田"和"别易会难"的人生感触，具有很强的概括性和感染力。

1　乾元元年(758)，杜甫被贬华州司功参军，冬赴洛阳。二年春，从洛阳回华州，途中遇老友卫八处士，久别重逢，抚今追昔，感慨万千，遂赋此诗以赠。处士：居家不仕的人。

2　动如：动不动就像。参(shēn)商：二星名，参在西，商在东，此出彼没，永不相见。后常以比喻双方会面之难。

3　今夕何夕：表示惊喜。此是喜出望外，想不到得有今夕，共对此灯烛之光也。

4　访旧：打听故旧的下落。半为鬼：大多亡故。

5　热中肠：为故旧的死亡而深感悲痛，五内俱焚。

6　君子：指卫八。

7　成行：众多。

8　怡然：和悦貌。父执：父亲的友辈。

9　未及已：还没有说完。

10　罗酒浆：摆上酒菜。

11　新炊：刚煮熟的饭。间(jiàn)：掺合。黄粱：即黄小米。

12　主称：主人说。

13 累：接连。觞(shāng)：酒杯。

14 子：指卫八。故意：故旧情义。长：深长，深厚。

15 山岳：指西岳华山。这句是说明天就要和你分别，好像华山把我们隔开一样。

16 世事：指时局发展和个人命运。别后世事如何，你我都茫然无知，不能预料，故曰“两茫茫”。

新安吏

客行新安道[1]，喧呼闻点兵[2]。
借问新安吏，县小更无丁[3]？
府帖昨夜下，次选中男行[4]。
中男绝短小，何以守王城[5]？
肥男有母送，瘦男独伶俜[6]。
白水暮东流，青山犹哭声[7]。
莫自使眼枯[8]，收汝泪纵横。
眼枯即见骨，天地终无情[9]。
我军取相州，日夕望其平。
岂意贼难料，归军星散营[10]。
就粮近故垒，练卒依旧京。
掘壕不到水，牧马役亦轻[11]。
况乃王师顺，抚养甚分明[12]。
送行勿泣血，仆射如父兄[13]。

乾元二年（759）三月，官军围攻相州溃败，诸节度各溃归本镇。洛阳一带形势紧张，朝廷为扭转战局，加强战备，于是到处征兵抓丁，新安一带尤为严重，虽老幼亦难免。这时杜甫由洛阳回华州，就沿途所见所闻，怀着矛盾的心情写下《新安

吏》《石壕吏》《潼关吏》《新婚别》《垂老别》《无家别》这组传诵千载的史诗，即所谓“三吏”“三别”。

《新安吏》为组诗首篇，亦是组诗总领。题下原注：“收京后作。虽收两京，贼犹充斥。”全诗借为问答之辞，皆据实直书，表达了非常复杂的感情，既为人民所承受的苦难而感到痛心，又不得不站在国家民族的立场劝勉人民做出牺牲，同情中混合着安慰。艺术上继承了古乐府的传统，善用白描手法，将内在感情寄托在情节和人物言行的客观叙述中，作者不做多余的议论，而浓烈的感情溢于言外，沉哀入骨。

1 客：杜甫自谓。新安：即今河南新安县，东临洛阳。

2 点兵：征调丁壮。

3 “县小”句：为“客”的询问。丁，成年男子。天宝三载规定“民十八以上为中男，二十三以上成丁”。“客”见被征者年龄较小，故有“县小更无丁”之问。

4 “府帖”二句：是新安吏回答“客”的话。府帖，按府兵制征兵的文书。次，因成丁已被征尽，故次征中男入伍。

5 “中男”二句：又是“客”的反问。绝，极。短小，指身材矮小，发育还不完全。王城，指洛阳。

6 “肥男”二句互文见义。即不管肥男瘦男，有母无母，有伴无伴，皆齐声痛哭。伶俜，孤独貌，孤单一人。

7 白水流：比喻被征者犹如河水东流，一去不复返。青山哭：指送行者仍倚山而望行者悲泣。二句用青山、白水，借景写情，从而渲染了中男与家人生离死别的悲剧气氛，读来令人泪落。

8 自“莫自”句至篇末，皆是“客”的宽勉之词。眼枯，哭瞎眼睛。

9 承上而言，意为即使把眼哭瞎了，也留不住自己的孩子。字面是埋怨天地无情，实则影射朝廷。

10 “我军”四句：追溯相州战役失败的经过。乾元元年(758)十月，郭子仪、李光弼等九节度使合兵六十万包围邺城，因缺乏统一指挥，自冬至春，久围不克，致使军心涣散，再加上敌援军至，终致溃败，故云“贼难料”。日夕，犹早晚。平，平定，收复。星散营，是说溃败的唐军已不成建制，像星星一样到处散乱地屯营。

11 “就粮”四句：是进一步对“中男”及其亲人宽慰和鼓励的话。就粮，移兵到粮多的地方以取得给养。故垒，指河阳的旧营垒。练卒，练兵(而不是去临阵打仗)。旧京，指洛阳。掘壕不到水，是说战壕挖得很浅，劳役不重。

12 况乃：何况。王师顺：唐朝政府的官军顺应天理民意平叛，师出有名。抚养：指将官爱护士卒。

13 泣血：形容哭得极度悲伤。仆射：官职名，在唐朝相当于宰相，这里指郭子仪。子仪至德二载（757）五月曾任左仆射。如父兄：谓郭子仪体恤爱护士卒犹如父兄，大可以放心前往。

石壕吏

暮投石壕村[1]，有吏夜捉人。
老翁逾墙走[2]，老妇出看门。
吏呼一何怒[3]，妇啼一何苦！
听妇前致词[4]："三男邺城戍[5]。
一男附书至[6]，二男新战死。
存者且偷生，死者长已矣[7]。
室中更无人，惟有乳下孙[8]。
有孙母未去，出入无完裙[9]。
老妪力虽衰[10]，请从吏夜归。
急应河阳役[11]，犹得备晨炊[12]。"
夜久语声绝，如闻泣幽咽[13]。
天明登前途[14]，独与老翁别。

乾元二年(759)三月作。杜甫从新安去潼关路经石壕村，正遇官吏捉人从军一幕惨剧。诗直书所见所闻，全用素描，不着作者一字评语，而其意自见。在章法上，此诗颇见剪裁之功。全篇仅见老妇答辞，而将石壕吏穷凶极恶、步步紧逼的问话省略，这是"以答代问"的手法。这就使整首诗显得紧凑完整。诗人并不是无动于衷，而是采用了寓主观于客观的

表现手法，诗人的爱憎之情，都蕴涵其中。

1　投：投宿。石壕村：处在洛阳、长安两京交通要道上，在今河南陕县东观音堂镇西北部山区，今名甘壕村。

2　逾：翻越。

3　一何：何其，多么。

4　致词：述说。

5　三男：三个儿子。

6　附书：捎信。

7　长已矣：永远完了。

8　乳下孙：正吃奶的小孙子。

9　母未去：指儿媳未改嫁，说明她是新战死一子之妻。二句一作“孙母未便出，见吏无完裙”。

10　老妪（yù）：犹言老婆子，老妇自称。

11　河阳：今河南孟州。相州失陷后，河阳是前线重要防地。

12　备晨炊：置备早饭，指在军中做饭。

13　幽咽（yè）：抽泣声。

14　前途：前去的路。

新婚别

兔丝附蓬麻，引蔓故不长[1]。
嫁女与征夫，不如弃路旁[2]！
结发为君妻，席不暖君床。
暮婚晨告别，无乃太匆忙[3]！
君行虽不远，守边赴河阳[4]。
妾身未分明，何以拜姑嫜[5]？
父母养我时，日夜令我藏[6]。
生女有所归，鸡狗亦得将[7]。
君今往死地，沉痛迫中肠[8]。
誓欲随君去，形势反苍黄[9]。
勿为新婚念，努力事戎行[10]。
妇人在军中，兵气恐不扬[11]。
自嗟贫家女，久致罗襦裳[12]。
罗襦不复施，对君洗红妆[13]。
仰视百鸟飞，大小必双翔[14]。
人事多错迕，与君永相望[15]。

——

乾元二年（759）三月作。诗写一对新婚夫妇“暮婚晨告别”的惨剧，而这“别”，又是新妇送新郎应征去前线，可谓生离死别。全诗都作新妇语气，全是新妇的惜别劝勉之词，悲怨而沉痛，塑造了一个善良坚贞而又识大体、顾大局的少妇形象，感人至深。前十二句，以新人语，叙新婚惜别，语含羞意。中八句，夫妇分别，愁绪万端，流露真情。后十二句，既勉其夫，又且自励，终望相聚。全诗“君”字凡七见。君妻、君床、君行、君往、随君、对君、与君永望，频频呼君，几于一声一泪，感人至深。

1　“兔丝”二句：借用菟丝子依附蓬麻，来比喻嫁给征夫难以白头偕老，自叹身世之苦。兔丝，即菟丝子，蔓生植物，依附于别的植物生长。蓬、麻均甚低矮，菟丝子依附之，则引蔓必不能长。

2　“嫁女”二句：为激愤语，承上而言。征夫，指从军出征的人。

3　“结发”四句：言新婚与离别间隔之短，晚上刚结为夫妇，早晨就被迫分别。无乃，难道不是。

4　“君行”二句：是说征夫守边竟守到离家不远的河阳，言外有讽刺意味。

5　古代婚俗是暮婚，次晨新妇拜公婆，第三日告庙上坟，整个婚礼才算完成，新娘的名分始定。而此新郎，“暮婚晨告别”，没有完成婚礼，所以新妇身份未明；身份不明就不便拜公婆，故曰“何以”。姑嫜：丈夫的母亲称姑，丈夫的父亲称嫜。

6 藏:深居闺中,不轻易见人,表示恪守妇道礼法。

7 归:指女子出嫁。鸡狗亦得将:即“嫁鸡随鸡,嫁狗随狗”之意。将,顺从。

8 “君今”二句:谓你如今将奔赴生死莫测的战场,这让我肝肠寸断。

9 承上句说,担心反而把事情弄糟。苍黄:变化,指引起麻烦。

10 二句鼓励丈夫努力作战,反映了新妇的爱国精神。事戎行,效力于军旅。

11 “妇人”二句:是说恐怕妇人在军中会影响士气,申明“反苍黄”之故。《汉书·李陵传》载:李陵与单于战,陵曰:“吾士气稍衰而鼓不起者,何也?军中岂有女子乎?”杜诗本此。

12 “自嗟”二句:是说辛苦多年才置办了这身嫁衣裳。罗,一种丝织品。襦,短衣。裳,指裙子。

13 “罗襦”二句:是说不再梳洗打扮,表示坚贞等待丈夫归来。施,穿。洗红妆,洗掉红妆,不再打扮。古有“女为悦己者容”的说法。

14 “仰视”二句:是以百鸟成双之乐反衬夫妻离别之苦。

15 错迕(wǔ):错杂交迕,这里指生活中的不如意。与君永相望:表示自己对丈夫的忠贞不渝。

无家别

寂寞天宝后，园庐但蒿藜[1]。
我里百余家，世乱各东西[2]。
存者无消息，死者为尘泥[3]。
贱子因阵败，归来寻旧蹊[4]。
久行见空巷，日瘦气惨凄[5]。
但对狐与狸，竖毛怒我啼[6]。
四邻何所有？一二老寡妻。
宿鸟恋本枝，安辞且穷栖[7]？
方春独荷锄，日暮还灌畦[8]。
县吏知我至，召令习鼓鞞[9]。
虽从本州役，内顾无所携[10]。
近行止一身，远去终转迷[11]。
家乡既荡尽，远近理亦齐[12]。
永痛长病母，五年委沟溪[13]。
生我不得力，终身两酸嘶[14]。
人生无家别，何以为烝黎[15]？

——

乾元二年（759）三月作。题云“无家别”，犹言无家可别。通篇是一个再次被征服役的单身汉的独白，可分三段：开头八句，写老兵乱后归乡；中十二句，言归而无家，分写故里荒凉之状与暂归旋役之苦；末十二句，言无家又别，既伤只身莫依，又痛亡亲不见，曲尽无家之惨。结句“人生无家别，何以为烝黎”？尤为痛彻心肺。此诗为“三吏”“三别”的最后一篇，可作六诗总结。

---

1 天宝后：指安史之乱后。因安史之乱起，中原农村遭到严重破坏，人口剧减，故云“寂寞”。园庐：田园房舍。但蒿藜：只剩下一片野草。

2 里：坊里。唐制，百户为一里。各东西：各自东西逃散。

3 为尘泥：一作“委尘泥”，指尸骨朽烂。

4 贱子：老兵自谓。阵败：指邺城之败。旧蹊：旧路，此指故里。

5 “久行”二句：写征夫归来，所见皆空巷，终是无家可入，因为“家乡既荡尽，远近理亦齐”。在这荒旷的家园中，唯余暗淡惨凄的日光，可谓“写尽满目荒凉”。日瘦，指日色无光、气象凄惨。

6 怒我啼：向我愤怒啼叫。狐狸对人啼，可见人宅已成狐穴。

7 “宿鸟”二句：犹云人生恋故土，既然能回到家乡，就是再困苦也要暂且活下去。

8 “方春”二句：写老兵为了生活又独自忙活起农事。灌畦，浇菜地。

9　习鼓鞞(pí):练习敲打军鼓,指又要他去打仗。

10　从本州役:在本州服兵役,言服役之近。无所携:是说家中没有人可以告别的。携,离。

11　“近行”二句:是说自幸在本州服役,若远去他乡就很难说了。终转迷,不知会怎么样。

12　“家乡”二句:又翻进一层,是说家园既然都已经荡然无存,那么在本州与在外地服役反正都是一样,没有什么区别。这是老兵自伤只身无依之辞,揭露了他“无家”的内心痛苦。齐,都一样。

13　“永痛”二句:是说母亲去世已有五个年头。安史之乱爆发至此时正好是五年,可见其母是死于战乱的。委沟溪,指死去未得安葬。委,抛弃。

14　不得力:指不能救母于死,母死又不能葬。两酸嘶:言母子二人共同饮恨。一说指母病不能养,母死不能葬,没有尽到做儿子的责任,感到痛心,亦通。酸嘶,失声痛哭。

15　“人生”二句:谓到了这样无家可别的悲惨境地,还让人怎么做老百姓呢?矛头直指皇帝。烝黎,百姓,民众。

佳 人

绝代有佳人，幽居在空谷[1]。
自云良家子[2]，零落依草木[3]。
关中昔丧乱[4]，兄弟遭杀戮。
官高何足论？不得收骨肉[5]。
世情恶衰歇[6]，万事随转烛[7]。
夫婿轻薄儿[8]，新人美如玉[9]。
合昏尚知时[10]，鸳鸯不独宿[11]。
但见新人笑，那闻旧人哭[12]！
在山泉水清，出山泉水浊[13]。
侍婢卖珠回，牵萝补茅屋[14]。
摘花不插发[15]，采柏动盈掬[16]。
天寒翠袖薄[17]，日暮倚修竹[18]。

乾元二年(759)秋，杜甫由华州弃官携家流寓秦州(今甘肃天水)，此诗即在秦州作。诗借弃妇命运，寄寓身世之感。诗中佳人的形象，典型而又独特，可怜而又可敬。国难当头，家庭破败，个人被弃，遭遇是悲惨的，对一个弱女子来说，又是难以承受的。女主人公的难能可贵之处，就是在难以忍受的重重打击之下，没有乞怜之态，更无沉沦之想，而是坚贞自守，自强不息。诗人用赋的手法叙述佳人的悲惨遭遇和孤苦生活，又用比兴的手法赞美她的高洁情操，将客观描写与主观寄托有机地结合起来，在着意塑造的绝代佳人身上，寄寓了诗人自己的感慨和理想。

---

1 上句言其色之美，下句喻其品之高。绝代，犹绝世，举世无双。唐人避太宗李世民讳，改“世”为“代”。幽居，隐居。空谷，幽深的山谷，亦含“空谷人如玉”意。

2 良家子：清白人家的女子。据后“官高”句，则佳人出于官宦人家。

3 零落：犹飘零。依草木：应上“幽居空谷”。

4 关中：今陕西中部一带。此实指长安，天宝十五载(756)六月，安史叛军攻陷长安。丧乱：即指安史之乱。

5 “官高”二句：谓连兄弟的尸骨都不能收殓，高官又有何用？

6 世情：世态人情。恶(wù)：厌恶，嫌弃。衰歇：衰败失势。

7 转烛：比喻世事变幻、富贵无常，亦喻时间变化迅速、转瞬即逝。

8 轻薄儿：谓夫婿喜新厌旧。

9 新人：指丈夫新娶的妻子。

10 合昏：即夜合花，又名合欢花，朝开夜合，故曰“知时”。

11 鸳鸯：水鸟，雌雄永不分离。

12 新人：指新妇。旧人：指弃妇，佳人自谓。以上四句谓花鸟尚有情有义，而夫婿却喜新厌旧，真是连花鸟都不如，正见其“轻薄”。

13 徐增曰：“此二句，见谁则知我？泉水，佳人自喻；山，喻夫婿之家。妇人在夫家，为夫所爱，即是在山之泉水，世便谓是清的；妇人为夫所弃，不在夫家，即是出山之泉水，世便谓是浊的。”（《说唐诗》卷 1）或谓守贞清而改节浊，亦通。

14 “侍婢”二句：极写佳人生活之艰苦凄凉。侍婢卖珠，见其生活拮据；牵萝补屋，见其所居破败。萝，即女萝，一种有藤植物。

15 花以插发，而佳人却摘而不插，说明无心修饰。

16 柏实味苦，自不能食，却常常采满一把，有清苦自甘、其苦自知意。动：常常。掬（jū）：两手捧取。

17 翠袖：泛指佳人衣着。

18 修竹：长竹。竹有节而挺立，以喻佳人的坚贞操守。

月夜忆舍弟

戍鼓断人行[1]，秋边一雁声[2]。
露从今夜白，月是故乡明[3]。
有弟皆分散，无家问死生[4]。
寄书长不达，况乃未休兵[5]。

乾元二年(759)秋，杜甫流寓秦州作。诗写天涯忆弟之情，骨肉离散之苦，可谓字字忆弟，句句有情。首联点明时、地，已隐含忆弟之情。戍鼓鸣，行人断，正是战乱景象，戍鼓声犹在耳，接着传来孤雁哀鸣，不禁牵动起诗人思弟之情缕。首联十字，可谓一字一咽，字字血泪。这二句是提摄全篇的，以下六句都是与这二句紧相呼应的。颔联紧承"秋"字、"月"字，加倍写"忆"。并运用上一下四句式，将寻常语离析倒装而用之，语峻体健，意亦深稳，遂成妙绝古今之名句。颈联申明三、四，知乱后故乡无人。尾联紧承五、六，照应开头，将家愁国难作一收束，含蓄蕴藉，无限深情。

1 戍鼓：戍楼夜时所击禁鼓。断人行：谓宵禁戒严。

2 一雁：即孤雁。不用孤字，是因平仄关系。古以雁行喻兄弟，说"一雁"，即暗喻自己孤独。

3 露从今夜白:谓今日适逢白露节。月无处不明,而因心念故乡,故曰“月是故乡明”。

4 无家:时杜甫巩县老家毁于安史之乱,已无人,故云。萧涤非先生释此二句云:“分散而有家,则谁死谁生,尚可从家中问知;现在是既分散而又无家,连死活都无从问处。语极悲切。”(《杜甫诗选注》)

5 书:家信。况乃:何况是。时史思明叛军复陷洛阳,又进攻河阳,故曰“未休兵”。

天末怀李白

凉风起天末，君子意如何[1]？
鸿雁几时到[2]？江湖秋水多[3]。
文章憎命达，魑魅喜人过[4]。
应共冤魂语，投诗赠汨罗[5]。

乾元二年(759)秋在秦州作。时李白坐永王璘事长流夜郎,途中遇赦还至湖南。杜甫不知李白实况,因赋诗怀之。诗写对李白的深切怀念,同情其遭遇,哀怜其不幸,为其深鸣不平。全诗语浅情深,曲折含蓄。

1 凉风:时值秋天,故云。天末:犹天边。君子:指李白。

2 鸿雁:代指书信,古有鸿雁传书之说。

3 江湖秋水多:喻风波险阻。

4 文章:泛指诗文。命达:谓仕途通达。魑魅(chī mèi):山泽中精怪,此喻奸邪小人。过:经过。魑魅喜人过而食之。亦有过失意,小人伺君子过失而害之。

5 冤魂:指屈原,屈原忠君爱国,无罪被放,忧愤投汨罗江而死,故曰“冤魂”。投诗:谓李白投诗汨罗以吊屈原。李白遭遇与屈原相似,同是蒙冤被放,故曰“共”。

乾元中寓居同谷县作歌七首

其一

有客有客字子美[1]，白头乱发垂过耳。
岁拾橡栗随狙公[2]，天寒日暮山谷里。
中原无书归不得，手脚冻皴皮肉死[3]。
呜呼一歌兮歌已哀，悲风为我从天来[4]。

这组七言歌行，是乾元二年（759）十一月所作。杜甫经过艰难跋涉，终于抵达同谷（今甘肃成县）。在同谷寓居期间，没有得到任何援助，这是他一生中生活最为困苦的时期。组诗淋漓尽致地叙写了他极度穷困的生活状况和对弟妹的刻骨思念。杜甫采用七古这一体裁，亦有"长歌可以当哭"之意。七首合为一个整体，结构相同，首二句点明主题，中四句叙事，末二句感慨悲歌。前人评曰："《七歌》高古朴淡，洗尽铅华，独留本质。""愈淡愈旨，愈真愈厚，愈朴愈古，千古绝调也。"

第一歌写自己寓居同谷的窘况。首句连呼"有客"，以鸣寄迹荒山之不平，似出于他人之口，奇突异常。以下满腹悲愤，都藏此二字中。"白头乱发垂过耳"一句，乃诗人穷愁潦倒之自画像，突出一个"老"字。中间四句实写当时生活景况，叙事错落有致。而末句"悲风为我从天来"，又与末篇"仰视皇天白日速”首尾相应。

1　客：杜甫自称。

2　岁：这里指岁暮，时当十一月，故云。橡栗：即栎树的果实，似栗而小，长圆形，又名橡子，味苦涩，荒年穷人常用来充饥。狙公：驯养猴子的老人。狙(jū)，一种猴子。橡栗也是猴子的食物，所以说“随狙公”。

3　中原：指故乡。书：书信。皴(cūn)：皮肤因受冻而裂开。皮肉死：是指皮肉冻得已没有了知觉。二句因冻饿而想到战乱中的故乡，已暗伏下文“思弟妹”之意。

4　呜呼：感叹词。兮：助词，跟现在的“啊”相似。

其　二

长镵长镵白木柄[1]，我生托子以为命[2]。
黄独无苗山雪盛[3]，短衣数挽不掩胫[4]。
此时与子空归来，男呻女吟四壁静[5]。
呜呼二歌兮歌始放，闾里为我色惆怅[6]。

第二歌写全家无衣无食、啼饥号寒的惨状。首句连呼“长镵”，并托以为命，艰难生计，惨绝人寰。中四句，写觅食之难。承上首而来，树上“橡栗”已空，又向地下挖取“黄独”。

无奈此时已是大雪封山，无苗可寻，百般无奈，只得携托命之长镵，空手而归。而“男呻女吟四壁静”，则是空归后的惨象，此以无声（四壁静）衬托有声（男呻女吟）。末二句，邻里已为我惆怅，又遥对三歌、四歌之弟妹。

1 镵（chán）：铁制尖头掘土器，有长木柄，所以称长镵。

2 这句是说我就靠你这柄长镵来活命了。命托长镵，一语惨绝。子，是以亲切的口吻称呼长镵。

3 句意谓漫山大雪，难以辨认，黄独很难找到。黄独，野生植物，根茎只一颗，肉白皮黄，故名黄独。遇霜雪，枯无苗，可蒸食。也叫土芋。

4 此句是说无衣御寒，把破烂的短衣扯了又扯，还是遮不住小腿。挽，扯，拉。

5 “此时”二句：意谓一无所获，空手而归，家徒四壁，什么也没有，老婆孩子饿得直呻吟。呻吟，因冻饿而发出痛苦的声音。

6 歌始放：亦“放歌破愁绝”意。放，放声悲歌。闾里：邻居。色惆怅：悲悯愁苦的表情。

其 三

有弟有弟在远方，三人各瘦何人强[1]？
生别展转不相见，胡尘暗天道路长[2]。

东飞驾鹅后鹙鸧，安得送我置汝旁[3]？
呜呼三歌兮歌三发，汝归何处收兄骨[4]？

第三歌悲叹兄弟离散，抒骨肉深情，缠绵郁结。首句连呼“有弟”，天各一方，爱而不见，恻恻难安。中间四句，乃伤别之甚。“生别”二句申明离散的原因，是一篇之警策。前言生别，后曰收骨，二者原是一脉相承，而横插“东飞”两句，乃是比兴法。见群鸟东飞，遂生欲乘之去会诸弟的奇想。结句亦由“展转”发叹。一辗转而致生别，再辗转将为死别，至于收骨无处，惨痛至极。诗人将兄弟阔别之情与胡尘暗天之恨结合起来，正见其爱国情怀。

1 杜甫有四个弟弟：颖、观、丰、占。除了幼弟杜占这时跟随在身边外，其余三人都远在山东、河南等地。各瘦：每个人都很瘦。何人强：没有一个强健的。

2 “生别”二句：申明离散的原因。展转，即“辗转”，到处流转。胡尘暗天，指安史叛乱搅得天下不宁。

3 驾（jiā）鹅：一种野鹅。鹙鸧（qiū cāng）：两种水鸟，鹙即秃鹙，鸧即鸧鸹。安得：怎能。

4 此句是说即使弟弟们能回到故乡，而我又不知漂泊何处，你们又到哪里去收哥哥我的遗骨呢！

其　四

有妹有妹在钟离[1]，良人早殁诸孤痴[2]。
长淮浪高蛟龙怒[3]，十年不见来何时？
扁舟欲往箭满眼，杳杳南国多旌旗[4]。
呜呼四歌兮歌四奏，林猿为我啼清昼[5]。

第四歌思念远方的寡妹。既叹妹之远离，又伤其孤苦境况。中间四句，写出来往艰难的原因。末二句，四奏哀歌，引起清昼猿啼。猿多夜啼，今山林中猿却为我感动而昼啼，可见悲之极矣。

1　杜甫有妹嫁韦氏，夫亡寡居。钟离：即今安徽凤阳县。

2　良人：丈夫。殁：死。孤：孤儿。痴：指年幼不懂事。

3　长淮：即淮河，钟离临淮河，故欲从水路探望。浪高蛟龙怒：极力形容水行的凶险。

4　箭满眼、多旌旗：均指战乱不宁。杳杳：遥远貌。南国：犹南方。

5　清昼：凄清的白天。

其　五

四山多风溪水急，寒雨飒飒枯树湿。
黄蒿古城云不开，白狐跳梁黄狐立[1]。

我生何为在穷谷？中夜起坐万感集[2]。
呜呼五歌兮歌正长，魂招不来归故乡[3]。

第五歌由悲弟妹难见又回到自身，写自己流寓荒凉的穷谷，百感交集。诗先以众多阴愁的景物——风多、水急、雨寒、树湿、蒿黄、云密、野狐出没，状写生活的“穷谷”，高度概括了自己寓居同谷的艰难处境。

1 前四句是描绘同谷人烟稀少、野兽猖獗的荒凉环境。飒飒，形容风雨声。黄蒿，一种野草，常借以写荒凉景象。跳梁，跳跃。因人少，故狐狸活跃。

2 何为：为什么。中夜：半夜。

3 此句倍写思乡之切，是说魂早归故乡去了，故招之不来。古人招魂有两种，一招死者的魂，一招活人的魂，此为后者。此句翻用《楚辞・招魂》“魂兮归来，反故居些”之意，其用意更深，语尤奇警。

其　六

南有龙兮在山湫[1]，古木巃嵸枝相樛[2]。
木叶黄落龙正蛰[3]，蝮蛇东来水上游[4]。
我行怪此安敢出，拔剑欲斩且复休[5]。

鸣呼六歌兮歌思迟，溪壑为我回春姿[6]。

第六歌写杜甫出游同谷的万丈潭，见蝮蛇反常出现，不忍斩杀之，迂曲地表达了他对春讯的盼爱，也正好反映出他过冬的艰难。

1 湫（qiū）：深潭，此指同谷县东南七里的万丈潭，相传有龙自潭中飞出。

2 宠嵸（lóng zōng）：高峻貌。樛（jiū）：树枝盘曲下垂貌。

3 蛰（zhé）：动物冬眠，潜伏不动不食。

4 蝮蛇：一种毒蛇。时当仲冬，蛇应蛰伏，但因同谷气暖（即末句所写"回春姿"），故得出游。

5 "我行"两句：是说我见蝮蛇竟敢冬天出游，本"拔剑欲斩"，而终未斩之，却是为何？因为蝮蛇出游，兆示天气变暖，而天气变暖对无衣御寒的杜甫一家来说，是天大的喜讯。正因为这喜讯是蝮蛇传报的，故杜甫不忍斩之。这正反衬出生活的艰难。

6 此句谓溪壑将为我这寒苦之人回生春姿。见木叶黄落、冬日愁惨之象，故有渴盼春回大地之想。

其七

男儿生不成名身已老[1]，三年饥走荒山道[2]。

长安卿相多少年，富贵应须致身早[3]。
山中儒生旧相识，但话宿昔伤怀抱[4]。
呜呼七歌兮悄终曲[5]，仰视皇天白日速[6]。

最后一歌以自叹年老无成、落魄荒山为整组诗作结，其声慨然，其气浩然。

1　男儿：杜甫自称。身已老：杜甫这年四十八岁，已变得很衰老了。

2　三年：杜甫从至德二载（757）四月脱贼奔凤翔行在，闰八月墨敕放还鄜州，乾元元年（758）六月贬华州，冬去洛阳，二年春回华州，七月弃官客秦州，直到此时流寓同谷，三年来奔走于荒山野道之间，吃尽苦头。

3　“长安”二句：意谓朝廷中新贵多是少年后生，看来想要富贵就应及早钻营。这是愤激之语。致身，致力于仕途。

4　山中儒生旧相识：这位流落到同谷山中的旧友，当指李衔。杜甫于大历五年暮秋所作《长沙送李十一衔》诗云：“与子避地西康州，洞庭相逢十二秋。”西康州，即同谷。从乾元二年（759）冬到大历五年（770）暮秋，正十二个年头。宿昔：往日。

5　悄终曲：悄然结束吟唱。悄，既是无声，又有忧意。

6　白日速：白驹过隙，时不我待。此句借不能挽日暮之衰颓，而叹穷老流离之深悲。

堂成

背郭堂成荫白茅[1]，缘江路熟俯青郊[2]。
桤林碍日吟风叶，笼竹和烟滴露梢[3]。
暂止飞乌将数子，频来语燕定新巢[4]。
旁人错比扬雄宅，懒惰无心作《解嘲》[5]。

上元元年（760）暮春，依靠亲友的帮助，杜甫在成都西郊的浣花溪畔建成草堂。堂成，即指草堂落成。说是“堂成”，这时只是主要部分落成。后来杜甫在《寄题江外草堂》中说：“经营上元始，断手宝应年。”草堂完全建成则在宝应元年（762）。草堂遗址，今已建成杜甫草堂博物馆。此诗写草堂初成，环境清幽安静，结束了多年的流离生活，流露出多年少有的愉悦心情。其中“暂止飞乌将数子，频来语燕定新巢”，亦兴亦比，十分贴切地表达了诗人此时的心境。

1 背郭：背靠城郭。草堂在成都城西，故云。荫：覆盖。荫白茅：指屋顶用白茅覆盖。白茅，茅草的一种，又叫丝茅草，可用作盖屋的材料。所以在《茅屋为秋风所破歌》中说：“八月秋高风怒号，卷我屋上三重茅。”

2 缘江：沿江。江，指浣花溪。俯青郊：俯视暮春青绿的郊野，说明草堂地势较高。

3 “桤林”二句：写草堂周围竹木繁茂。桤（qī），一种落叶乔木。碍日，挡住阳光。吟风叶，风吹树叶发出的声响，犹如吟唱一般动听。笼竹，指慈竹。烟，指竹林间弥漫的雾霭。

4 暂止：暂时栖止。将：携带。数子：几只雏鸟。语燕：燕子呢喃作语。定新巢：筑新巢。

5 扬雄：西汉蜀郡成都人，其宅在成都少城西南隅，因其曾在此闭门著《太玄经》，故又名“草玄堂”。当时人多攀附权贵，而扬雄却淡泊自守，专心著述，别人嘲笑他，他便作《解嘲》予以回答。成都是扬雄的老家，而杜甫是流寓在此，并不想久居，所以旁人把草堂比作扬雄宅是“错比”。旁人不了解杜甫只是暂住的心思，他也不想表白，所以也就懒得像扬雄那样作《解嘲》了。

蜀 相[1]

丞相祠堂何处寻[2]？锦官城外柏森森[3]。
映阶碧草自春色，隔叶黄鹂空好音[4]。
三顾频烦天下计[5]，两朝开济老臣心[6]。
出师未捷身先死[7]，长使英雄泪满襟。

此诗为上元元年（760）春杜甫到成都后初游诸葛亮庙时作。诗借咏丞相祠堂，而深寄缅怀之思，歌颂诸葛亮的丰功伟绩。前四句写丞相祠堂，一、二句点题，交代祠堂所在，而已饱含诗人对诸葛亮的无限追慕之情。三、四句写祠景，而景中寓情。后四句写丞相本人。五、六两句，从大处着笔，言简意赅，括尽诸葛亮一生的功业和才德。末二句，对诸葛亮的大业未竟、赍志而殁，深表痛惜。出师未捷，身已先死，所以流千古英雄之泪。而千古英雄有才无命者，皆括于此，言有尽而意无穷。

1 蜀相：指诸葛亮。221 年，刘备在蜀称帝，任命诸葛亮为丞相。

2 丞相祠堂：即武侯祠。诸葛亮于建兴元年（223）被后主刘禅封为武乡侯，故其庙又称武侯祠，在今成都南郊。

3 锦官城：在成都西南部，汉代主管织锦业的官员居此，故称。后作为成都的别称。森森:高大茂密貌。传说武侯祠前有一柏为诸葛亮手植。

4　映:遮掩。自春色:自为春色。空好音:空作好音。碧草自绿,黄鹂自鸣,春色与已无关,好音与已无闻,“自”“空”互文,是用反衬手法加倍写出诗人对诸葛亮的倾慕之情与凄恻之感。

5　三顾:指刘备三顾茅庐请诸葛亮出山。频烦:意为多次烦劳,反复咨询。天下计:安天下之大计,指诸葛亮在《隆中对》中提出的东连孙权、北抗曹操、西取刘璋、三分天下的谋国方略。此句即诸葛亮《出师表》所云:“先帝(指刘备)不以臣卑鄙,猥自枉屈,三顾臣于草庐之中,咨臣以当世之事。”

6　开济:经邦济世。两朝开济:指诸葛亮辅佐先主刘备和后主刘禅成就帝业。老臣心:即“鞠躬尽瘁,死而后已”之心。

7　出师未捷:指“北定中原,兴复汉室,还于旧都”(《出师表》)的理想未得实现。《三国志·蜀志·诸葛亮传》载,建兴十二年(234)春,诸葛亮出师伐魏,据武功五丈原(在今陕西岐山县南),与司马懿对峙于渭南,相持百余日。其年八月,亮病死军中,时年五十四。

狂 夫

万里桥西一草堂，百花潭水即沧浪[1]。
风含翠筱娟娟静，雨裛红蕖冉冉香[2]。
厚禄故人书断绝，恒饥稚子色凄凉[3]。
欲填沟壑惟疏放，自笑狂夫老更狂[4]。

上元元年(760)夏在成都草堂作。狂夫，疏狂之人，杜甫自谓。诗以朴素的语言，写草堂环境清幽，景色秀丽，虽可堪自娱，然生活艰难，友人无援，只好狂放以遣愁。“欲填沟壑惟疏放，自笑狂夫老更狂”，虽处困极之境，仍疏狂萧散，不改其故态，老杜之旷怀毕现。

1　万里桥：在成都南门外，横跨锦江。百花潭：浣花溪的一段。沧浪：《孟子·离娄上》云：“沧浪之水清兮，可以濯吾缨。”将百花潭比作沧浪水，是说此地可以隐居。

2　翠筱(xiǎo)：绿色细竹。娟娟：美好貌。雨裛(yì)：受雨湿润。红蕖(qú)：红色的荷花。冉冉：犹徐徐、淡淡。

3　厚禄故人：俸禄优厚的故交，此指原成都尹、剑南西川节度使裴冕。时冕已去长安，相隔遥远，故曰“书断绝”。书：音信。

恒饥:常常挨饿。稚子:幼子,指宗文、宗武。色凄凉:面带饥色。二句谓故人远去,接济断绝,故全家饿饭。

4 填沟壑:指死。疏放:疏狂放浪。

江 村

清江一曲抱村流，长夏江村事事幽[1]。
自去自来堂上燕，相亲相近水中鸥[2]。
老妻画纸为棋局，稚子敲针作钓钩[3]。
多病所须唯药物，微躯此外更何求[4]？

上元元年(760)夏在成都草堂作。草堂在浣花溪畔，故称江村。此诗以轻松的笔调，描写了江村清幽的环境、燕飞鸥戏的夏日景物以及老妻稚子的乐趣，虽身体多病，但仍笑对生活，表现了诗人乐观的生活态度。

1 清江：指浣花溪。抱：环绕。幽：幽静安闲。"幽"为一诗之纲，下四句即分言之。

2 "自去"二句：写景物之"幽"。鸥，一种水鸟，主要捕食鱼类。

3 "老妻"二句：写人事之"幽"。妻儿之乐，充满天趣。棋局，即棋盘。

4 微躯：微贱之躯，是自谦之词。二句谓多病之躯只需药物就行了，此外还能要求什么呢？

戏题王宰画山水图歌[1]

十日画一水，五日画一石。
能事不受相促迫，王宰始肯留真迹[2]。
壮哉昆仑方壶图，挂君高堂之素壁[3]。
巴陵洞庭日本东，赤岸水与银河通[4]，
中有云气随飞龙[5]。
舟人渔子入浦溆，山木尽亚洪涛风[6]。
尤工远势古莫比，咫尺应须论万里[7]。
焉得并州快剪刀，剪取吴松半江水[8]。

大约在上元元年(760),杜甫在成都拜访王宰,应王所请,为其画题写了此诗。诗赞美了王宰所画山水的神奇和画技的高超绝伦。所提出的艺术创作不能受“促迫”的观点,颇给人以启迪。

1 题下原注:“宰画丹青绝伦。”王宰:蜀中人,为唐代著名画家,善画山水、树石。

2 前四句意谓王宰擅画,但不肯在催逼中草率命笔,只有如此,他才肯挥毫留真迹。能事,所擅长之事,此指绘画。

3 昆仑:我国西部大山,也是神话传说中的仙山。方壶:神话传说海上有三座仙山，方壶是其一。二句点明所题之画为挂在王宰大厅白粉墙上的巨幅山水画。

4　巴陵：山名，又称巴丘，在今湖南岳阳市西南，濒临洞庭湖。日本：即今日本国。赤岸：一说即今南京市六合区东南之赤岸山；一说即枹罕赤岸，此赤岸旧在今甘肃临夏黄河南岸，刘家峡水库建成后没入库区。此地上距黄河源头较近，似以后说为长。二句描绘画中山水广远浩淼、水天一色的壮观。

5　此句形容画中云气流动、波涛汹涌。

6　“舟人”二句：描写画上风涛激荡，船工和渔夫将船靠岸以回避，山中林木被狂风吹得都低垂俯地。浦溆，水边。亚，低垂。

7　尤工：特别擅长。远势：远景。咫尺：形容篇幅极小。周制，八寸为咫。二句谓王宰特别擅长画大山水，能在咫尺篇幅里画出江山万里的壮丽景色。

8　并州：即今山西太原一带，其地所产剪刀以锋利著称。吴松：即今吴淞江，俗称苏州河。源出江苏苏州太湖瓜泾口，东流至上海市外白渡桥入黄浦江。二句赞叹王宰所画山水就像真的一样，恨不得用并州快剪刀剪下来归己收藏。表示了诗人对王宰山水图的赞赏和倾倒之情。

客　至[1]

舍南舍北皆春水，但见群鸥日日来[2]。
花径不曾缘客扫，蓬门今始为君开[3]。
盘飧市远无兼味，樽酒家贫只旧醅[4]。
肯与邻翁相对饮，隔篱呼取尽余杯[5]。

上元二年(761)春在成都草堂作。此诗情真意深，一片天趣，充满生活气息。上四写客至，下四写留客。虽盘无兼味，樽唯旧醅，家贫如此，益见情真，故能呼邻翁对饮，主客忘形，此所以喜客至也。前人评曰："此诗何等忘形，何等率真，见公并见其客矣！岂世之矜延揽相标榜者可同日语哉！"

1　题下原注："喜崔明府相过。"崔明府：名未详，系杜甫舅氏，时为县令。

2　舍：指浣花草堂。只有群鸥造访，见交游冷落。

3　"花径"二句：喜客之至。花径，植有花草的舍间小径。缘，因为。客，指俗客。蓬门，犹柴门。君，指崔明府。二句谓花径不曾缘客扫，今始缘君扫；蓬门不曾为客开，今始为君开。上下两意交互成对，可见今日之客非俗客。

4　盘飧：指菜肴。无兼味：谦称菜少。兼味，即重味。旧醅：

隔年而又未过滤的浊酒。古人重新酿，故以旧醅待客为歉。二句见家贫待客真情。

5 肯：犹肯否、能否。邻翁：邻居野老。篱：篱笆。呼取：唤来。尽余杯：一起喝完剩下的酒。二句谓欲招邻翁作陪对饮，不知客人同意否，故征询他的意见。

春夜喜雨

好雨知时节，当春乃发生[1]。
随风潜入夜，润物细无声[2]。
野径云俱黑，江船火独明[3]。
晓看红湿处，花重锦官城[4]。

上元二年(761)春作于成都草堂。诗人以欣喜的心情描写了这场应时而降的春夜细雨。“知时节”“潜入夜”“细无声”，用拟人化的手法,生动形象地写出了春夜细雨的特点,可见作者对物理观察之细微。前人评曰:“绝不露一‘喜’字,而无一字不是‘喜雨’,无一笔不是‘春夜喜雨’。结语写尽题中四字之神。”

1　时节:时令节气,此指春天。乃:就。发生:应时而降。

2　潜:犹悄悄。潜入:犹言神不知鬼不觉地来临。润物:滋润万物。

3　野径:田野小路。两句写雨中所见夜景。野径云黑,为近景,江船火明,为远景;由近而远,一黑一明,对比鲜明,境界高远。十字咏夜雨入神。

4　红湿:经雨浸湿的花。花湿而重,愈加鲜艳,故曰“花重”。锦官城:即成都。

江畔独步寻花七绝句(选二)[1]

其　五

黄师塔前江水东[2]，春光懒困倚微风[3]。
桃花一簇开无主，可爱深红爱浅红[4]？

上元二年(761)春在成都浣花溪畔作。七绝句为一个整体，均以咏花为主要内容，描写了浣花溪畔群芳竞放、千姿百态、春意盎然的美好景色，表现了诗人对美好事物、美好境界的热爱和向往；同时又在恼花、怕春，即以喜景兼寓悲情。作者采取移步换形手法，从不同角度，以不同“镜头”，拍摄了七幅各具特色的春花美景，从中亦能看出杜甫此时悲喜交加、孤独无助的情怀。此组诗多用方言俗语以翻新，通俗新颖，生动活泼。这里选的是第五、六两首。第五首是写黄师塔前桃花，抒发春光懒散的情怀。

1　江：即流经草堂的浣花溪。独步：杜甫往访南邻酒伴未遇，故独自沿江信步，寻花赏景。

2　黄师塔：指一黄姓僧人的墓塔。蜀人称僧侣为师，称其所葬之墓塔为“师塔”。东，向东流。

3　此句是说春光使人慵懒困倦，所以在微风中少憩。倚微风，临微风。

4 “桃花”二句：谓无主的桃花烂漫盛开，使人目不暇接，是爱深红色的，还是爱浅红色的呢？

其 六

黄四娘家花满蹊[1]，千朵万朵压枝低。
留连戏蝶时时舞，自在娇莺恰恰啼[2]。

第六首写黄四娘家繁花盛开、莺啼蝶舞的盎然春景。末二句对仗精工而又自然。

1 黄四娘：身份不详，大概是杜甫的邻居。蹊：小路。

2 留连：蝶恋花飞而不忍离开。恰恰：时时，频频。

绝句漫兴九首(选二)[1]

其　一

眼见客愁愁不醒，无赖春色到江亭[2]。
即遣花开深造次，便觉莺语太丁宁[3]。

上元二年(761)春夏之交杜甫在成都作。这组绝句写草堂一带，由春入夏的自然景物和作者的感触。“客愁”二字是九首之纲。诗人时而恼春、怨春，无非是因客愁而已；继而恨春、惜春，无非是春来春去，更增愁怀而已。所以最后发出春光易逝、人生几何之叹。在章法上，九首虽各自独立成篇，然逐章相承，首尾照应，有前后次第和内在脉络。在技巧上，用拟人化手法，把春写成了有生命、有感情的事物；新鲜生动的比喻，使景物展现出灵动活泼之姿，真是一组绝妙佳作。这里选的是第一、二首。第一首写因旅居无聊而恼春。

1　漫兴：兴之所到，率尔成章。杜甫对绝句，有时纵笔所之，不甚经意，然正因如此，他的绝句才如《竹枝词》一样有一种天然旨趣。

2　眼见：眼见得。愁不醒：是说客愁无法排遣。无赖：谓春色恼人。江：指浣花溪。

3 “即遣”二句：具体写春色无赖。说它催着花儿赶紧开放，教黄莺叫个不停，着实惹人烦恼。遣，派遣，安排。深，很，太。造次，匆忙，仓猝。丁宁，再三嘱咐。

其 二

手种桃李非无主，野老墙低还是家[1]。
恰似春风相欺得，夜来吹折数枝花[2]。

第二首借春风而发牢骚，妙趣横生。

1 手种：自己亲手栽植。野老：杜甫自指。

2 得：句末语助词，唐人口语，相当于“呢”。夜来：昨夜。二句意谓花是我的，昨夜却忽然被春风越墙吹折数枝，这真是欺负人呢，实在令人可恼。

进　艇[1]

南京久客耕南亩[2]，北望伤神坐北窗[3]。
昼引老妻乘小艇，晴看稚子浴清江。
俱飞蛱蝶元相逐，并蒂芙蓉本自双[4]。
茗饮蔗浆携所有，瓷罂无谢玉为缸[5]。

上元二年(761)作于成都。诗以诙谐嬉戏之词,抒写优游愉悦之情,富有生活气息。

1　船小而长者为艇。进艇:即划小船。

2　南京:谓成都。安史之乱,玄宗幸蜀,至德二载(757)升成都为府,置南京,上元元年罢。诗因对仗关系,仍称南京。

3　北望:指北望长安和中原地区。此时尚处战乱之中,故而"伤神"。

4　俱飞:比翼双飞。蛱蝶:蝴蝶。芙蓉:即荷花。元相逐、本自双,喻夫妻相亲相爱。

5　茗饮:茶水。蔗浆:蔗汁。瓷罂(yīng):盛流质的陶制容器,小口大肚。无谢:犹不让。二句谓所携瓷罂中盛的虽是普通的茶浆,但它并不亚于富贵人家玉缸中的美酒佳酿。

茅屋为秋风所破歌

八月秋高风怒号，卷我屋上三重茅[1]。
茅飞渡江洒江郊，高者挂罥长林梢[2]，
下者飘转沉塘坳[3]。
南村群童欺我老无力，忍能对面为盗贼[4]，
公然抱茅入竹去，唇焦口燥呼不得[5]，
归来倚杖自叹息。
俄顷风定云墨色[6]，秋天漠漠向昏黑[7]。
布衾多年冷似铁，娇儿恶卧踏里裂[8]。
床头屋漏无干处，雨脚如麻未断绝[9]。
自经丧乱少睡眠[10]，长夜沾湿何由彻[11]。
安得广厦千万间，大庇天下寒士俱欢颜[12]，
风雨不动安如山！
呜呼！何时眼前突兀见此屋[13]？
吾庐独破受冻死亦足[14]！

上元二年（761）秋八月，一场狂风卷去了杜甫草堂上的茅草，夜来又降大雨，床头屋漏，难以栖身。其起句，即如飘风之笔，疾卷了当。之后描述了这种不幸，但更使他忧虑的是战乱以来和他遭受同样苦难的人民。于是以浪漫主义的情

怀，幻想眼前出现千万间广厦，“大庇天下寒士俱欢颜”。其结句仍一笔兜转，又复飘忽如风，表现其“己饥己溺”的仁者情怀。这种崇高的精神，在当时难能可贵，对后世影响深远。白居易《新制布裘》、王安石《杜甫画像》，都体现了这种推己及人的思想。

---

1 三重：三层。三，言其多。

2 江：指浣花溪。挂罥(juàn)：挂结。

3 塘坳(ào)：低洼积水处。

4 忍能：忍心这样。盗贼：气恨之词。

5 呼不得：即呼喊不出声来。

6 俄顷：顷刻，一会儿。

7 秋天：秋季的天空。漠漠：阴沉迷蒙貌。向：接近。

8 恶卧：睡相不好，脚乱蹬，把被里子都蹬破了，所以说“踏里裂”。一说恶卧为不愿意睡。因为被子像铁似的又硬又冷，小孩子睡在里面不舒服，把被里都蹬破了。

9 雨脚如麻：形容密雨如麻线一样，不断倾注。

10 丧乱：指安史之乱。

11 长夜沾湿：指茅屋整夜漏雨。何由彻：怎么挨到天亮？彻，彻晓，天亮。

12 庇(bì):遮护。寒士:贫寒之人。

13 突兀(wù):高耸貌。见:同“现”。

14 庐:茅舍,即指草堂。

野 望

西山白雪三城戍[1]，南浦清江万里桥[2]。
海内风尘诸弟隔[3]，天涯涕泪一身遥。
惟将迟暮供多病[4]，未有涓埃答圣朝[5]。
跨马出郊时极目[6]，不堪人事日萧条[7]。

上元二年(761)居成都时作。题为“野望”,但重点不在野望之景,而在野望所感,思弟哀己,忧国伤民,杜甫真是无时无地不在忧国忧民也。上四,野望感怀,思家之念。下四,野望抚时,忧国之情。起用对偶,对仗亦工,但前人亦指出前四句第五字皆数目相犯,学者宜忌。

1　西山:今名雪宝顶、雪栏山,在四川松潘县,为岷山主峰。因山顶终年积雪,故称雪岭、雪山。又因在成都西,故又称西山、西岭。三城:指松州(今四川松潘)、维州(今四川理县西)、保州(今理县新保关西北)。因吐蕃时相侵犯,故驻军戍守。广德元年(763),吐蕃攻陷三城,杜甫作《西山三首》,其二云:“辛苦三城戍,长防万里秋。”

2　清江:指锦江。万里桥:在今成都市南,架锦江上,相传诸葛亮送费祎赴吴,云“万里之行,始于此桥”而得名。

3　风尘：指战乱。诸弟：杜甫有四弟：颖、观、丰、占。时只占随身边。

4　迟暮：指年老，杜甫时年五十。多病：杜甫曾患肺病、疟疾、头风等症，故云。“供”字沉痛，意谓迟暮之身尚思为国效力，岂意只供多病之用！

5　涓：细流。埃：微尘。圣朝：称颂当朝。意谓自己对国家没有微末贡献。

6　极目：纵目远望。

7　人事：世事。时西山三城列戍，百姓疲于调役，朝廷不恤，故有人事萧条之叹。

闻官军收河南河北

剑外忽传收蓟北[1]，初闻涕泪满衣裳[2]。
却看妻子愁何在[3]，漫卷诗书喜欲狂[4]。
白日放歌须纵酒，青春作伴好还乡[5]。
即从巴峡穿巫峡，便下襄阳向洛阳[6]。

广德元年(763)正月,史朝义败走广阳自缢,其将田承嗣以莫州降,李怀仙以幽州降,并斩史朝义首级来献。至此河南、河北诸州郡尽为唐军收复,延续八年之久的安史之乱宣告平息。是年春,流寓梓州(今四川三台)的杜甫闻知这个大快人心的消息,欣喜若狂,遂走笔写下这首著名的诗篇。全诗虽章法、句法、字法整饬谨严,但以律为古,一气流注,法极无迹,晓畅自然。诗人将"初闻"官军收复河南、河北特大喜讯一刹那间的惊喜之情、狂喜之态、欲歌欲哭之状,写得绘声绘色,跃然纸上,宛如目见,为杜甫"生平第一首快诗"。这首诗之所以使人读后深为感动,乃在于杜甫所喜,并非一己之喜,一家之喜,而是国家之喜、人民之喜、天下之喜。

1 剑外:剑门关以外,即剑南。杜甫时在梓州,故云。蓟北:即指幽州,是安史之乱的发源地,为叛军老巢。

2　初闻：乍听到。涕泪满衣裳：即“喜心翻倒极，呜咽泪沾巾”意。

3　却看：回头看。

4　漫卷：胡乱地卷起，有喜不暇整之意。

5　放歌：放声高歌。纵酒：开怀痛饮。青春：大好春光。杜甫作此诗时，正是春天。春和景明，伴人归乡，颇不寂寞。

6　即：即刻，立即。巴峡：指嘉陵江流经阆中至巴县（今重庆市）一段。巫峡：长江三峡之一，西起今重庆巫山大宁河口，东至湖北巴东县官渡口。襄阳：在今湖北，为杜甫祖籍。洛阳：今属河南，为杜甫故乡。诗末原注：“余田园在东京。”东京即洛阳。二句使用的是当句对兼流水对的特殊对偶形式。连用四个地名，累累如贯珠；其他用字亦极准确生动。二句其势如飞，其情似火。而二句之妙，乃在妙手偶得，纯任自然，全不见雕琢之迹。此等佳句，在五万多首唐诗中也是绝无仅有的。

忆昔二首（其二）

忆昔开元全盛日，小邑犹藏万家室[1]。
稻米流脂粟米白，公私仓廪俱丰实[2]。
九州道路无豺虎，远行不劳吉日出[3]。
齐纨鲁缟车班班，男耕女桑不相失[4]。
宫中圣人奏《云门》[5]，天下朋友皆胶漆[6]。
百余年间未灾变[7]，叔孙礼乐萧何律[8]。
岂闻一绢直万钱？有田种谷今流血[9]。
洛阳宫殿烧焚尽，宗庙新除狐兔穴[10]。
伤心不忍问耆旧，复恐初从乱离说[11]。
小臣鲁钝无所能，朝廷记识蒙禄秩[12]。
周宣中兴望我皇，洒血江汉身衰疾[13]。

此诗约作于广德二年(764)春，时杜甫在阆州(今四川阆中)。诗取开头两字为题，其意不在忆昔，而是借往事以讽今，即以开元之盛衬今日之衰。这里选的是第二首，回忆开元之世何等昌盛！安史乱后，江山残破，国势日衰，而今吐蕃屡犯，宦竖柄政，社稷堪忧，期望代宗做一代中兴之主，重振大唐之业。

1 开元：唐玄宗年号(713—741)。开元盛世是我国历史上最有名的治世之一。小邑：小县。藏：居住。万家室：言户口繁多。《资治通鉴》唐玄宗开元二十八年载："是岁，天下县千五百七十三，户八百四十一万二千八百七十一，口四千八百一十四万三千六百九。"

2 "稻米"二句：写全盛时农业丰收，粮食储备充足。流脂，形容稻米颗粒饱满滑润。仓廪，储藏米谷的仓库。

3 "九州"二句：写全盛时社会秩序安定，天下太平。豺虎，比喻寇盗。路无强盗，旅途平安，出门自然不必选什么好日子，随时可出行。《资治通鉴》开元二十八年载："海内富安，行者虽万里不持寸兵。"

4 "齐纨"二句：写全盛时手工业和商业的发达。齐纨鲁缟，山东一带生产的精美丝织品。车班班，商贾的车辆络绎不绝。班班，形容繁密众多。桑，作动词用，指养蚕织布。不相失，各安其业，各得其所。《通典·食货七》载：开元十三年，"米斗至十三文，青、齐谷斗至五文。自后天下无贵物，两京米斗不至二十文，面三十二文，绢一匹二百一十文。东至宋、汴，西至岐州，夹路列店肆待客，酒馔丰溢。每店皆有驴赁客乘，倏忽数十里，谓之驿驴。南诣荆、襄，北至太原、范阳，西至蜀川、凉府，皆有店肆以供商旅。远适数千里，不恃寸刃。"杜诗可谓实录，故称"诗史"。

5　圣人：指天子。奏《云门》：演奏《云门》乐曲。《云门》，祭祀天地的乐曲。

6　句云社会风气良好，人们互相友善，关系融洽。胶漆，比喻友情极深，亲密无间。

7　百余年间：指从唐王朝开国（618）到开元末年（741），共一百多年。未灾变：没有发生过大的灾祸。

8　西汉初年，高祖命叔孙通制定礼乐，萧何制定律令。这是用汉初的盛世比喻开元时代的政治情况。

9　“岂闻”二句：开始由忆昔转为说今，写安史乱后的情况：以前物价不高，生活安定，如今却是田园荒芜、物价昂贵。一绢，一匹绢。直，通“值”。

10　洛阳：代指长安。广德元年十月吐蕃陷长安，盘踞了半月，代宗于十二月复还长安，诗作于代宗还京不久之后，所以说“新除”。宗庙：指皇家祖庙。狐兔：指吐蕃。

11　“伤心”二句：写不堪回首的心情。耆旧们都经历过开元盛世和安史之乱，不忍问，是因为怕他们又从安禄山陷京说起，惹得彼此伤起心来。耆旧，年高望重的人。乱离，指天宝末年安史之乱。

12　小臣：杜甫自谓。鲁钝：粗率，迟钝。记识：记得，记住。蒙禄秩：指召补京兆功曹，不赴。禄秩，俸禄。

13　周宣：周宣王，厉王之子，即位后，整理乱政，励精图治，恢复周代初期的政治，使周朝中兴。我皇：指代宗。洒血：极言自己盼望中兴之迫切。江汉：指长江和嘉陵江，也指长江、嘉陵江流经的巴蜀地区。因为嘉陵江上源为西汉水，故亦称汉水。

别房太尉墓[1]

他乡复行役[2]，驻马别孤坟[3]。
近泪无干土，低空有断云[4]。
对棋陪谢傅[5]，把剑觅徐君[6]。
唯见林花落，莺啼送客闻[7]。

诗开头两句，伤己悼琯，徘徊悱恻，分三层写出苦境苦情：他乡为客，一可伤；又复行役，愈客愈远，二可伤；别后凄凉，孤坟寂寞，三可伤。二句看似平铺直叙，实则涵蕴深长。有对房琯所受冷遇的控诉，也有对自己因疏救房琯而漂泊流离的不满。而两句所渲染的悲凉氛围则笼罩全篇，为全诗定下了基调。三、四两句，极写哭墓之哀，抒发对亡友的深情厚谊，真切动人。五、六两句，以谢安比房琯，可见生有安国定邦之才；以季札自比，死而不忘心契之谊；生前死后，始终不渝，足见志同道合，非比寻常。结尾二句，以“闻”“见”参错成韵，谓别时不见送客之人，送客者唯有落花啼莺而已，死后寂寞荒凉如此，不胜凄楚惆怅之至。“唯”字照应次句“孤”字，末联寂静凄清的气氛与首联渲染的悲凉氛围融汇一体，深沉含蓄，耐人寻味。

1 房太尉：即房琯。安史乱起，他从玄宗幸蜀，拜相。肃宗至德二载（757）五月，罢相。乾元元年（758），房琯贬邠州刺史，杜甫因疏救房琯贬华州司功。后琯改为汉州刺史，宝应二年（763）四月，迁刑部尚书，拜特进，赴任途中，于八月四日（时已改元广德）病卒于阆州僧舍，赠太尉，故称"房太尉"。时杜甫正流寓梓、阆间。闻琯卒，即往吊唁。广德二年（764）春，严武重镇蜀，杜甫将赴成都前，在阆州祭琯墓而作此诗。

2 他乡：客居异乡，与故乡对。复行役：谓将由阆州去成都。行役，在外奔走。

3 孤坟：指死后寂寞凄凉。

4 "近泪"二句：谓泣泪之多，土为之湿；哀伤所感，云为之断。

5 谢傅：指谢安，字安石，死赠太傅。《晋书·谢安传》载：安侄玄等淝水之战大败苻坚，"有驿书至，安方对客围棋，看书既竟，便摄放床上，了无喜色，棋如故。客问之，徐答云：'小儿辈遂已破贼。'"此以谢安比房琯，忆二人生前相与之情。

6 《史记·吴太伯世家》载：春秋时吴国季札出使，北过徐君，徐君好季札剑，口不敢言。季札心知之，因出使上国，未献。还至徐，徐君已死，于是乃解其宝剑，系之徐君冢树而去。此以季札自比，珍视死后不忘之谊。

7 客：作者自谓。

登 楼

花近高楼伤客心[1]，万方多难此登临[2]。
锦江春色来天地[3]，玉垒浮云变古今[4]。
北极朝廷终不改[5]，西山寇盗莫相侵[6]。
可怜后主还祠庙[7]，日暮聊为《梁甫吟》[8]。

广德二年(764)春在成都作。“万方多难此登临”一句，为全诗纲领，余则皆从此生出。“花近高楼”，本可凭高饱览大好春色，却说“伤客心”，盖因正当“万方多难”之故。颔联写景虽气象雄伟，但浮云苍狗变幻，宛如多难人生，世事无常，睹景伤情，遂引出以下吐蕃陷京、代宗幸陕、寇盗相侵、国难孔急等情事。登高抒怀，抚今追昔，遂有后主祠庙，聊吟《梁甫》之深慨。情甚悲郁苍凉，但因作者取景壮阔，故虽伤心而无衰飒之气。又因作者爱国情深，坚信“北极朝廷终不改”，故情虽伤而不流于悲观。

1 客：杜甫自谓。

2 万方多难：指到处都是战乱。

3 锦江：为岷江支流，自成都郫都区流经成都西南，传说江水濯锦，其色鲜艳于他水，故名锦江。春色来天地：谓春色从四面八方而来。

4 玉垒:山名,在今四川都江堰市北岷江东岸。此句以玉垒浮云的变幻不定,喻古今世事之变化无常。

5 北极:北极星,一名北辰,喻指朝廷。广德元年(763)十月,吐蕃陷长安,立广武王李承宏为帝,代宗逃奔陕州(今河南陕县)。十二月,长安收复,代宗还京,转危为安,故曰“朝廷终不改”。

6 西山寇盗:指吐蕃。广德元年十二月,吐蕃陷松、维、保三州及云山新筑二城,西川节度使高适不能救,于是剑南西山诸州亦入于吐蕃。因吐蕃陷长安立帝不成,唐朝廷稳固如初,故告以“莫相侵”。二句流水对。西山,即成都西雪岭,在四川松潘县,为岷山主峰。

7 后主:蜀先主刘备之子后主刘禅。后主庙在成都南先主庙东侧,西侧即武侯祠。后主宠信宦官黄皓,终致蜀汉亡国。代宗任用宦官程元振、鱼朝恩等,招致吐蕃陷京、銮舆幸陕之祸,故借后主托讽。后主昏庸,亡国还享祠庙;代宗尚未亡国,似胜于刘禅,但亦够可怜的了。

8 《梁甫吟》:乐府曲名,传诸葛亮躬耕陇亩,好为《梁甫吟》,此即指所咏《登楼》诗。作者将己诗比作《梁甫吟》,有思得诸葛以济世之意。聊为:有暂且借咏以寄慨意。

绝句四首(其三)

两个黄鹂鸣翠柳，一行白鹭上青天[1]。
窗含西岭千秋雪，门泊东吴万里船[2]。

广德二年(764)春夏之交寓居成都草堂时作。这里选的第三首是最脍炙人口的名篇。前两句写出了春夏之交清空明媚的景色，黄翠青白，相映相衬，着色有意无意，而出之自然，形成一幅色彩鲜明清丽的立体图画。后两句谓凭窗远眺，西岭上千年不化的积雪，晶莹剔透，着一“含”字，此景仿佛是嵌在窗中的一幅图画。回首门外，岸边停泊着堪能航行万里的江船，诗人不禁暗动乡关之思。“万里船”与“千秋雪”相对，一言空间之广，一言时间之久。诗人身在草堂，思接千载，视通万里，胸次开阔，出语雄健。全诗对仗精工，着色鲜丽，动静结合，声形兼具，每句诗都是一幅画，又宛然组成一幅咫尺万里的壮阔山水画卷。

1　黄鹂：黄莺。白鹭：鹭鸶，羽毛纯白色，能高飞。

2　窗含：窗口对山，似口中含。西岭：山名，今称西岭雪山，在四川大邑县西岭镇，因在成都西，故称西岭。千秋雪：指岭上终年不化的积雪。门泊：门前停泊。东吴：今江浙一带，古代为吴国领地。江船本常见，以“万里”言之，谓战后交通恢复，船可畅行万里无阻。

丹青引[1]

将军魏武之子孙[2]，于今为庶为清门[3]。
英雄割据虽已矣[4]，文彩风流今尚存[5]。
学书初学卫夫人[6]，但恨无过王右军[7]。
丹青不知老将至，富贵于我如浮云[8]。
开元之中常引见[9]，承恩数上南熏殿[10]。
凌烟功臣少颜色[11]，将军下笔开生面[12]。
良相头上进贤冠[13]，猛将腰间大羽箭[14]。
褒公鄂公毛发动[15]，英姿飒爽来酣战[16]。
先帝天马玉花骢[17]，画工如山貌不同[18]。
是日牵来赤墀下[19]，迥立阊阖生长风[20]。
诏谓将军拂绢素[21]，意匠惨淡经营中[22]。
斯须九重真龙出[23]，一洗万古凡马空[24]。
玉花却在御榻上[25]，榻上庭前屹相向[26]。
至尊含笑催赐金[27]，圉人太仆皆惆怅[28]。
弟子韩幹早入室[29]，亦能画马穷殊相[30]。
幹惟画肉不画骨[31]，忍使骅骝气凋丧[32]。
将军画善盖有神，必逢佳士亦写真[33]。
即今漂泊干戈际[34]，屡貌寻常行路人[35]。
途穷反遭俗眼白[36]，世上未有如公贫。

但看古来盛名下，终日坎壈缠其身[37]。

广德二年(764)在成都作。这首诗可说是一篇曹霸小传：开头八句从曹霸的家世渊源说到学书作画，而发端十四字，就将曹霸的官职家世门第削籍一笔写尽，起势有万钧之力；其下八句，追叙曹霸昔日奉诏重画凌烟功臣盛事；再下十六句，追叙曹霸奉诏画玉花骢事，极赞其画马之妙；最后八句，从过去跌回现在，极写今日之衰，并与开头"为庶为清门"相照应。"屡貌寻常行路人"，又与前奉诏画人画马形成鲜明对比。全诗章法错综，层次井然，宾主分明，对比强烈。诗咏绘画，而以学书陪衬，咏画又以画马为主，画人作陪；画马又以真马、凡马作陪，赞曹霸，又以画工、韩幹、圉人、太仆陪衬；诗以绝大篇幅极力渲染昔日之盛，全为突出今日之衰作铺垫，而全诗借曹霸以自状，抒发自身飘零之感慨，极尽宛转跌宕之致。用韵亦匠心独运，全诗共四十句，每八句一换韵，意随韵转，平仄互换，可谓七古创格。

1　丹青：是作画所用颜料，故称绘画为丹青。题注："赠曹将军霸。"曹霸：魏曹髦之后，著名画家。天宝末，每诏写御马及功臣，官至左武卫将军。唐玄宗末年得罪，削籍为庶人。安史乱后，流落蜀中。

2　魏武：指魏武帝曹操。曹髦为曹操曾孙，霸为髦后，故云。

3　庶：庶人。清门：寒门。

4　英雄割据：指东汉末年曹操割据中原。已：过去。

5　文彩风流：曹操能诗，曹髦善画，故云。曹霸学书善画，故曰“今尚存”。

6　书：书法。卫夫人：东晋著名女书法家，王羲之曾向她学书法。

7　无过：没有超过。王右军：即东晋大书法家王羲之，曾官右军将军，故人称“王右军”。

8　“丹青”二句：化用《论语·述而》所载孔子的话：“发愤忘食，乐以忘忧，不知老之将至云尔。”“不义而富且贵，于我如浮云。”盛赞曹霸鄙弃功名富贵，酷爱绘画艺术而乐在其中的可贵精神，这正是曹霸画艺高超的根本原因。

9　引见：应诏被引领晋见皇帝。

10　数(shuò)：屡次。南熏殿：在长安南内兴庆宫内。

11　凌烟：指凌烟阁，在长安西内三清殿侧。凌烟功臣：唐太宗贞观十七年(643)二月，命阎立本画开国功臣二十四人像于凌烟阁，太宗亲作赞文。少颜色：指先前画像已经褪色。

12　开生面：指霸画新像，面目如生。

13　进贤冠：文臣所戴朝冠。

14　大羽箭：一种四羽大笮长箭，唐太宗尝自制以旌武功。

15　褒公：褒国公段志玄。鄂公：鄂国公尉迟敬德。

16 飒爽：威武英俊貌。

17 先帝：指玄宗。天马：一作“御马”。玉花骢：玄宗所乘御马名。

18 画工如山：极言画工之多。貌不同：画的与真马不相同，即画得不像。

19 赤墀（chí）：皇宫台阶涂以丹漆，故称赤墀，也称丹墀。

20 迥立：昂首挺立。阊阖（chāng hé）：天门，此指天子宫门。生长风：形容马飞动神骏之英姿。二句极言玉花骢神骏超凡，几夺天马之神。

21 绢素：绘画用的白绢。

22 意匠：巧妙构思。惨淡经营：苦心规划设计。

23 斯须：一会儿。九重：指皇宫。真龙出：指马画得逼真，活灵活现。马八尺曰龙，此指玉花骢。

24 一洗：犹一扫。谓霸画马胜过所有人间凡马，为空前绝作。

25 御榻：御床。却在：不该在而在。此句谓乍一看以为玉花骢怎么跑到御榻上去了，细看方知是画马。

26 榻上：指曹霸画马。庭前：指赤墀下真马。画马似真，真假难分，故云“屹相向”。屹：屹立。

27 至尊：皇帝，指玄宗。

28 圉（yǔ）人：养马的人。太仆：掌马的官。惆怅：赞赏出神、惊叹莫名之状。

29 韩幹:当时著名画家,初师曹霸,后自成家。入室:喻学问技艺的成就达到精深阶段,旧称亲授嫡传弟子为“入室弟子”。

30 穷殊相:穷形尽相,曲尽变态。

31 画肉:指韩幹画马肥大。骨:指马的神骏风韵。

32 骅骝:传说为周穆王八骏之一。气凋丧:精神衰颓,没有神气。杜甫崇尚瘦劲,《房兵曹胡马》云:“胡马大宛名,锋棱瘦骨成。”

33 佳士:卓越非凡之人。写真:画像。

34 漂泊干戈:指避安史之乱。干戈,指战乱。

35 屡貌:常常描绘。此句谓霸为了糊口,不得不为寻常人画像,可见境遇落魄。

36 途穷:犹言走投无路。眼白:即白眼。晋阮籍能为青白眼,见礼俗之士,以白眼对之。霸为名画家,却被流俗之辈轻视,故曰“反遭”。

37 坎壈(lǎn):穷困潦倒。

宿　府

清秋幕府井梧寒，独宿江城蜡炬残[1]。
永夜角声悲自语，中天月色好谁看[2]？
风尘荏苒音书断，关塞萧条行路难[3]。
已忍伶俜十年事，强移栖息一枝安[4]。

广德二年（764）六月，严武表荐杜甫为节度参谋、检校工部员外郎。此诗即为是年秋独宿节度使府时作。题是“宿府”，而“独宿”二字为全诗关键。诗借独宿所见所闻之景，抒发独身飘零之感、抑郁寂寞之情。诗八句皆对，章法谨严，对仗工巧。

1　幕府：指严武节度使府。古时行军，将帅无固定驻所，以帐幕为府署，故称幕府，后遂用作地方军政长官与节度使衙署的代称。井梧：井边的梧桐树。江城：指成都。蜡炬：蜡烛。首联“井梧寒”“蜡炬残”，其景凄清，正见“独宿”。

2　永夜：长夜。角声：号角声。颔联进一层写独宿的孤寂无聊。二句均为上五下二句式，于“悲”“好”处略作停顿。角声悲凉，响彻夜空，如怨如诉，犹似自语；皓月当空，月色虽好，谁来观赏！不是无人望月，而是无心赏月。角声是战乱的象征，明月是思乡的触媒，不由得勾起独宿人无限的乡愁。

3 颈联即写思乡难归的苦衷。风尘荏苒(rěn rǎn):时光在战乱中流逝。荏苒,谓时间渐进推移。音书:指亲朋间的音信。关塞:关隘要塞。萧条:寂寞冷落。

4 伶俜(líng pīng):孤苦貌。十年事:从天宝十四载(755)安史之乱爆发到写此诗,前后凡十年。强移栖息:勉强栖身。末句照应首句,言幕府供职,本非初心,只是为了一家生计和彼此友谊,才勉强入幕的。

去　蜀

五载客蜀郡，一年居梓州[1]。
如何关塞阻，转作潇湘游[2]？
万事已黄发，残生随白鸥[3]。
安危大臣在，不必泪长流[4]。

永泰元年(765)五月作。四月，严武死，杜甫生活失去依靠，又预见到蜀中将乱，故决计出峡东归。将离蜀，作诗总结几年的漂泊生涯，故题曰“去蜀”。首联写六年流寓之迹，万千感怀尽在其中。中间两联写已老迈之年，种种心愿皆难以实现，其痛苦悲愤可以想见。尾联尤为深警，意谓社稷安危自有大臣负荷，自己何必泪水长流、杞人忧天？此乃无可奈何、强作排遣之词，实则反言诗人心系国家安危，时刻为其忧心流泪的情况。其中有痛惜，有激愤，有宽慰，包蕴极丰。

1　蜀郡：即成都。杜甫于上元元年(760)初借居成都草堂寺，后移居新建之草堂，至永泰元年(765)五月离蜀，前后共六年。其间有一年多流寓梓州、阆州等地，在成都前后合计约五年。

2　如何：犹岂料。关塞阻：谓长安难返。转作：反作。潇湘：二水名，在今湖南境，此泛指荆楚一带。本应北返长安，因关塞险阻，只好出峡东行，故曰“转作”。

3　黄发：谓年老。残生：犹余生。随白鸥：谓漂泊。即《旅夜书怀》所云“飘飘何所似，天地一沙鸥”意。

4　大臣：泛指朝廷掌权者。

禹庙[1]

禹庙空山里，秋风落日斜。
荒庭垂橘柚，古屋画龙蛇[2]。
云气嘘青壁，江声走白沙[3]。
早知乘四载[4]，疏凿控三巴[5]。

永泰元年(765)四月，严武病卒，杜甫遂于五月携家乘舟离成都，经嘉州(今四川乐山)、戎州(今四川宜宾)、渝州(今重庆)、忠州(今重庆忠县)而抵云安(今重庆云阳)。这首诗即为是年秋，杜甫由渝州去忠州时作。诗写经过忠州，见禹庙之荒凉，睹江峡之形势，而思夏禹疏凿之功。短短四十字中，风景形胜，庙貌功德，无所不包。其层次清晰，章法谨严，而气象弘壮，读之意味无穷，为唐人祠庙诗之典范。

1 禹庙：夏禹之庙，在今忠县南，过岷江二里处。

2 “荒庭”二句：写庙中所见之景，皆化用禹事。孙莘老曰：“橘柚锡贡，驱龙蛇，皆禹事，公因见此有感也。”二句用禹典而不觉用事，此杜甫用事入化处。

3 “云气”二句：写庙外山水之惊险。悬崖峭壁上，云雾笼罩；江水卷白沙，波涛汹涌。嘘，浸润。

4 四载：传说大禹治水时所用之四种交通工具，谓水乘舟、陆乘车、泥乘楯、山乘樏。

5 疏凿：疏通河道，开凿山岩。三巴：据《华阳国志》载：东汉献帝兴平元年(194)，益州牧刘璋三分古巴国：以安汉以上为巴郡，以安汉以下为永宁郡，朐忍至鱼复为固陵郡。建安六年(201)，改永宁为巴郡，巴郡为巴西，固陵为巴东，合称“三巴”。

旅夜书怀

细草微风岸，危樯独夜舟[1]。
星垂平野阔，月涌大江流[2]。
名岂文章著？官应老病休[3]。
飘飘何所似？天地一沙鸥[4]。

永泰元年(765)秋，杜甫由忠州(今重庆忠县)去云安(今重庆云阳)舟行途中夜泊时作。这首诗表达了诗人穷愁潦倒、漂泊江湖、有志难骋的悲愤抑郁心情。情调虽凄苦，却不衰颓，壮阔的境界，磅礴的气势，反映出诗人在危苦穷促中依然能保持阔大眼界、旷远胸怀。

1 危樯(qiáng)：高高的船桅杆。二句就近而小者写旅夜之景，点明时间、地点和个人处境，连用"细""微""危""独"四字，不仅准确地写出了旅夜独宿的情景，而且深细入微地传达出诗人孤寂悲凉的心情。

2 大江：指长江。二句是就大而远者写旅夜之景，意象生动，境界壮阔，气势磅礴。"垂""阔""涌""流"四字，力透纸背，表现了诗人处于逆境中的博大胸怀和兀傲不平的感情。

3 "名岂"二句：反言见意，正言之则为名实因文章而著，官不为老病而休，而以“岂”“应”二虚字反言之，则愈见其悲愤之情。

4　飘飘：不定貌。沙鸥：一种水鸟，飞于江海之上，栖息沙洲。二句以沙鸥自比，抒发漂泊流离中抑郁不平之气，用一问一答形式，愈见苍凉悲郁。

白帝城最高楼[1]

城尖径仄旌旆愁[2]，独立缥缈之飞楼[3]。
峡坼云霾龙虎卧，江清日抱鼋鼍游[4]。
扶桑西枝对断石，弱水东影随长流[5]。
杖藜叹世者谁子[6]？泣血迸空回白头[7]。

大历元年（766）初到夔州（今重庆奉节）时作。此诗写登楼望远所见景象及由之而触发的危乱之感。首联写城楼高危之势，中二联写望中所见眼前近景及想象中的远景。其中"扶桑"二句，写江流西来东去，境界阔远，气象雄浑，衬托出诗人登高临深之心情。末联抒发对危乱时局的感喟。这是一首拗体七律，正好适合于写奇险之景和表达诗人心中勃郁不平之气。

1　白帝城：东汉初，公孙述割据筑城，自号白帝，因以为名，在今重庆奉节县东瞿塘峡口白帝山上。最高楼：白帝城上最高处之楼。

2　山势峭峻，城在其上，故曰"城尖"。径仄：山路倾仄而难走。旌旆：旌旗。城高而险，风掣旗翻，故云"旌旆愁"。

3　独立：独自一人立于高楼之上。缥缈：高远隐约貌。楼在最高处，檐角翼翘，其势若飞，故曰“飞楼”。

4 “峡坼”二句：写登楼所见近景。坼（chè），裂开。霾（mái），阴霾，此有弥漫意。鼋（yuán），大鳖，俗称癞头鼋。鼍（tuó），一名鼍龙，又名猪婆龙，今称扬子鳄。“峡坼云霾”“江清日抱”，为眼前所见之景；“龙虎卧”“鼋鼍游”，系据所见而生发的艺术想象。

5 “扶桑”二句：写想象中远景，极言楼高望远。扶桑，东方神木名，传说为日出处。断石，指瞿塘峡。因扶桑在东，故曰“西枝”。弱水，古水名，古人认为是水弱不能载物，故称弱水。古称弱水者甚多，此指神话传说中的弱水。长流，指长江。因弱水在西，故曰“东影”。

6 杖藜：拄着藜杖。藜杖，用藜的老茎做的手杖，这里杖作动词用。这句是说那个拄着藜杖忧叹世事的老人是谁呢？不用说，是杜甫自己。这样设问更加有力。

7 泣血：形容哭之哀。迸（bèng）：散，洒。登楼而泣，泪洒空中，故曰“迸空”。白头：作者时已五十六岁，故云。

八阵图[1]

功盖三分国[2]，名成八阵图。
江流石不转[3]，遗恨失吞吴[4]。

这首诗为大历元年(766)杜甫寓居夔州时作。杜甫对诸葛亮是无限敬仰的，开头即以两个精巧工整的对偶句，盛赞他的丰功伟绩，而特标出八阵图以应题。诚如成都武侯祠的碑刻所说的："一统经纶志未酬，布阵有图诚妙略。""江上阵图犹布列，蜀中相业有辉光。"于是最后两句深致悲悼惋惜之意，融怀古与述怀为一体，虽参议论，但富于浓郁的抒情色彩，发人深思，余味无穷。

1 八阵图：相传为诸葛亮所布设的作战石垒。八阵，指天、地、风、云、龙、虎、鸟、蛇八种阵势。图，法度，规制。诸葛亮所布八阵图，传说有多处，此指夔州八阵图，位于长江北岸鱼复浦平沙之上，遗址在今重庆奉节县南长江边。

2 三分国：指魏、蜀、吴三国。三国之中，曹操和孙权都有所凭藉，唯独诸葛亮辅佐刘备，白手起家，据蜀与魏、吴鼎足而三，故曰"功盖三分国"。盖：超，越。

3 谓年深日久，江流冲击，八阵图却屹然不动，故曰"石不转"。

4 此句向来解说不一,约有四说:以不能灭吴为恨;以刘备征吴失计为恨;诸葛亮不能谏止刘备征吴之举,自以为恨;刘备征吴而不知用八阵图法,致使失败,故以为恨。当以第一说为近是。

古柏行

孔明庙前有老柏[1]，柯如青铜根如石[2]。
霜皮溜雨四十围[3]，黛色参天二千尺[4]。
君臣已与时际会，树木犹为人爱惜[5]。
云来气接巫峡长，月出寒通雪山白[6]。
忆昨路绕锦亭东，先主武侯同閟宫[7]。
崔嵬枝干郊原古[8]，窈窕丹青户牖空[9]。
落落盘踞虽得地[10]，冥冥孤高多烈风[11]。
扶持自是神明力[12]，正直原因造化功[13]。
大厦如倾要梁栋[14]，万牛回首丘山重[15]。
不露文章世已惊，未辞剪伐谁能送[16]？
苦心岂免容蝼蚁[17]？香叶曾经宿鸾凤[18]。
志士幽人莫怨嗟，古来材大难为用[19]。

大历元年(766)在夔州作。诗咏夔州武侯庙古柏。虽咏古柏，实借咏柏以自况，抒发怀才不遇的感慨。全诗共二十四句，凡押三韵，每韵八句，自成段落。前八句咏夔州孔明庙前古柏之高大，引出君臣遇合的感慨。中八句与成都武侯祠古柏比较，突出夔州古柏的孤高正直。最后八句，“卒章显其志”，联系大厦将倾需栋梁的现实，发出“古来材大难为用”的

深沉感慨。“不露文章”，写得身份高；“未辞剪伐”，写得意思曲。明里咏物，实以喻人，托物兴感，委婉含蓄，寄托遥深，极沉郁顿挫之致。

---

1 孔明庙：即武侯庙，诸葛亮字孔明。杜甫在夔州还写有《诸葛庙》《武侯庙》诗。

2 柯：树枝。青铜：形容颜色苍老。如石：形容扎根坚牢。

3 霜皮溜雨：指树干色白光滑。围：一人合抱为一围。四十围：极言柏粗。

4 黛色：青黑色，形容柏叶葱郁之状。参天：高耸云霄。二千尺：极言柏高。

5 君臣：指刘备与诸葛亮。际会：遇合。二句谓孔明君臣因时遇合，功德在民，人民思其人犹爱其树，不加剪伐，故古柏长得高大。

6 巫峡：长江三峡之一，在夔州东。雪山：又称雪岭、西山，在夔州西。二句仍写古柏之高大。

7 “忆昨”二句：忆成都武侯祠。锦亭，指杜甫在成都所居草堂，因紧靠锦江，中有台亭，故称锦亭。先主，指刘备。武侯，诸葛亮封武乡侯。閟(bì)宫，祠庙。因成都武侯祠原附在先主庙中，故曰“同閟宫”。而武侯祠在草堂东，杜甫常去拜谒，所谓“丞相祠堂何处寻？锦官城外柏森森”，故曰“路绕锦亭东”。

8 崔嵬：高峻貌。

9 窈窕（yǎo tiǎo）：深邃貌。丹青：指庙内壁画。户牖空：谓寂静无人。牖（yǒu），窗户。

10 落落：卓立不群貌。得地：占得地势之利。

11 冥冥：高远貌。孤高：独立高空。烈风：大风。

12 谓古柏不为烈风所摧折，似有神灵呵护。

13 谓古柏正直，原本自然。正直，直立挺拔。原因，原是因为。造化功，自然化育之力。

14 大厦如倾：王通《中说·事君》篇：“大厦将颠，非一木所支也。”要：需要。

15 谓古柏重如丘山，万头牛也拖不动，故徒然回首望之。

16 文章：文采。二句谓古柏不以文采炫世，却为世所敬重；不避砍伐愿作栋梁，而无人能为采运。

17 苦心：柏心味苦。容蝼蚁：为蝼蚁所蛀蚀。

18 香叶：柏叶有香气。宿鸾凤：为鸾凤一类高贵的鸟所栖宿。

19 幽人：隐士。二句点明题意，谓材大难为用乃自古如此，志士幽人不必为此叹息。明说莫怨嗟，实则大悲愤。

白帝

白帝城中云出门，白帝城下雨翻盆[1]。
高江急峡雷霆斗，古木苍藤日月昏[2]。
戎马不如归马逸[3]，千家今有百家存[4]。
哀哀寡妇诛求尽，恸哭秋原何处村[5]？

大历元年(766)秋在夔州作。白帝，即白帝城。题曰“白帝”，并非专咏白帝城之景，而是反映连年战争、残酷诛求给人民造成的深重灾难。前四句虽是写景，然而阴云暴雨、雷霆格斗、日月昏暗的阴惨景象，与后四句中“千家今有百家存”“哀哀寡妇诛求尽，恸哭秋原何处村”的惨景，气氛一致，起到烘托作用。

1 “白帝城”二句：谓城在山上，云从城门涌出，黑云压城，暴雨成灾。翻盆，犹倾盆。

2 “高江”二句：写临江山城暴雨骤至时惊心动魄的阴惨景象：峡中急流助以雨势，故声若雷霆之斗；树木蔽以阴云，故昏霾日月之光。句中自对，上下相对，两句叠用六个意象，声色并至，苍老雄杰，险夺人魄。江，指长江。峡，指瞿塘峡。日月，偏义复词，指日光。

3 戎马：出征之马，喻战乱。归马：归田之马。《尚书·武成》："偃武修文，归马于华山之阳。"逸：奔跑。戎马不如归马跑得快，可见马亦厌战，而人可知。

4 谓战乱和赋役使人民死亡十分之九。

5 哀哀：极言哀痛之深。诛求：指官府横征暴敛。恸哭：即痛哭。何处村：不知是哪个村，犹言村村、处处。二句谓战乱中死去丈夫的寡妇，又被官府诛求一空，村村如此，处处如此，秋天的原野一片痛哭之声，使人惨不忍闻。

夔州歌十绝句（其七）

蜀麻吴盐自古通[1]，万斛之舟行若风[2]。
长年三老长歌里，白昼摊钱高浪中[3]。

大历元年(766)作于夔州。这十首绝句，是吟咏夔州山川形势、自然风光和古迹名胜的。在艺术上吸收了巴蜀民歌《竹枝词》的特点。这里选的是第七首，写夔州水路交通的便利与当地的民俗风情。

1　此句谓蜀地产麻，吴地出盐，麻盐贸易，自古通利。

2　万斛之舟：大船。斛，古代一种容量单位，十斗为一斛。

3　长年三老：三峡中人称船头把篙相水道者为长年，正梢者为三老。长歌：即后来所谓的“川江号子”。摊钱：一种赌博方式。

诸将五首(选三)

其一

汉朝陵墓对南山[1],胡虏千秋尚入关[2]。
昨日玉鱼蒙葬地,早时金碗出人间[3]。
见愁汗马西戎逼[4],曾闪朱旗北斗殷[5]。
多少材官守泾渭?将军且莫破愁颜[6]。

大历元年(766)秋在夔州作。这是用七律的形式议论军国大事,讽刺诸将不能御寇安疆、为国解困分忧所写的一组政治讽刺诗。这是第一首,以吐蕃攻陷京师、发掘皇陵之事,警诫诸将,勿高枕无忧。

1 汉朝陵墓:借指唐朝诸帝王陵墓。南山:终南山。

2 胡虏:指吐蕃、回纥等西部边疆少数部族。《资治通鉴》卷223载:广德元年(763)秋七月,吐蕃入大震关,陷兰、廓、河、鄯、洮、岷、秦、成、渭等州,尽取河西、陇右之地。十月,又寇奉天、武功,攻陷长安,代宗幸陕。二年十月,吐蕃、回纥兵逼奉天,京师戒严。永泰元年(765)九月,吐蕃与回纥等数十万兵入寇,逼近长安,京师震恐。千秋尚入关:《史记·匈奴列传》载,汉文帝时,匈奴曾从萧关深入,焚烧汉朝宫殿。两次敌寇入侵不到千年，此言“千秋”，盖取其成数而言。

3 “昨日”二句：责武将不能御敌，致使唐帝王陵墓被吐蕃挖掘。玉鱼、金碗，均为帝王墓中的陪葬品。出人间，是说被挖掘出来。二句互文。玉鱼、金碗昨日蒙葬，今晨即被发掘，极言陪葬品出土之速。

4 见愁：指呈现于眼前的愁事，即上举吐蕃的几次入侵。见，同“现”。汗马：汗血马，此指战马。西戎：指吐蕃、回纥等。吐蕃几次侵扰京畿，并一度占领长安，故曰“西戎逼”。

5 朱旗：红旗，指汉唐旗帜。殷：深红色。此句谓汉唐盛时，朱旗矗天，北斗亦为之殷。

6 “多少”二句：谓京畿地区形势危急，诸将且莫高枕无忧。材官，勇武之士。泾渭，二水名，即泾水、渭水，皆在京畿之内。《旧唐书·代宗本纪》载：永泰元年（765）九月，郭子仪屯兵泾阳，李忠臣屯东渭桥，李光进屯云阳，马璘、郝玉屯便桥，骆奉仙、李伯越屯盩厔，李抱玉屯凤翔，周智光屯同州，杜冕屯坊州，以防吐蕃。当时军情吃紧，士庶惊骇，又遇大雨，吐蕃大掠京畿男女数万人，焚庐舍而去。故诫诸将不可轻敌。

其 二

韩公本意筑三城[1]，拟绝天骄拔汉旌[2]。
岂谓尽烦回纥马，翻然远救朔方兵[3]！

胡来不觉潼关隘[4]，龙起犹闻晋水清[5]。
独使至尊忧社稷，诸君何以答升平[6]？

这是第二首，讽刺诸将在安史叛军面前的怯弱无能，丢尽脸面地向回纥求援。“胡来不觉潼关隘”，措辞辛辣，令人啼笑皆非。潼关自古为“一夫当关，万夫莫开”的险塞，然而在诸将眼里，胡兵一来，潼关这样的关隘也觉得无险可凭了，其仓皇无主之状可以想见。

1 韩公：指张仁愿。景龙二年（708）三月，朔方军总管张仁愿在黄河以北筑东、西、中三受降城以抗拒突厥，以拂云祠为中城（在今内蒙古包头市西南），与东受降城（在今内蒙古托克托县南）、西受降城（在今内蒙古杭锦后旗北乌加河北岸，狼山口南）相距各四百余里，并置烽火台一千八百所，首尾呼应，巩固了北部边防。自是突厥不得度山放牧，朔方无复寇掠，减镇兵数万人。七月，张仁愿以功进同中书门下三品，累封韩国公。

2 言韩公筑城的本意，是永远扼制异族的进犯。拟绝，意在断绝。天骄，本指匈奴，此借指突厥。拔汉旌，拔掉汉家旗帜，此指入侵唐境。

3 唐置朔方军，原是防御突厥的。其后突厥衰亡，回纥崛起。

安禄山叛乱，肃宗在灵武即位，朔方军兵力不足，反而请回纥救援以收复两京。杜甫认为这是将帅无能，故予以讽刺。岂谓：岂料。翻然：反而。朔方兵：朔方节度使郭子仪所统领的部队，实概指唐军。

4 胡来：指天宝十五载（756）安禄山破潼关、陷长安事。潼关天险本来易于固守，但由于守将哥舒翰仓促出战，全军覆没，导致安禄山长驱直入，所以让人觉得潼关好像都不险要了。隘：险要之处。

5 此以唐高祖李渊起兵太原灭隋兴唐，比拟广平王李俶（即后来的代宗）收复两京，中兴有望。晋水：发源于山西太原西南的悬瓮山，东流注入汾水。唐释一行《并州起义堂颂》："我高祖龙跃晋水，凤翔太原。"故云"龙起晋水清"。又《旧唐书·代宗本纪》载：宝应元年（762）九月，太州至陕州二百余里黄河清，澄澈见底。时代宗即位不久，故云"犹闻"。古人认为河清为瑞兆，是真主龙兴之象。

6 "独使"二句：用反诘语气责问诸将不思奋身报国，独使皇帝为国家忧劳操心。至尊，指代宗。社稷，国家。升平，太平。

其　五

锦江春色逐人来，巫峡清秋万壑哀[1]。

正忆往时严仆射[2]，共迎中使望乡台[3]。

主恩前后三持节[4]，军令分明数举杯[5]。
西蜀地形天下险，安危须仗出群材[6]！

这是第五首，缅怀严武的镇蜀之功，慨叹镇蜀之将后继乏人，提醒朝廷应选择得力者充任剑南节度使，以确保蜀地安定。当时蜀中地方军阀崔旰等正在凭险作乱，新任剑南节度使杜鸿渐，对作乱的军阀采取姑息宽容的政策，杜甫对镇蜀之将不能勘定祸乱予以讥讽。

1　锦江：又名濯锦江，流经成都。人：指严武。武于广德二年春再镇蜀，杜甫亦应武邀于暮春由阆州回到成都，故曰“春色逐人来”。逐：跟随。下句就目前而言，时武已死，又值凄清的秋天，追忆往事，触景生哀。

2　严仆射（yè）：指严武。仆射，官名，严武死后追赠尚书左仆射。

3　中使：皇帝内廷派出的使者，多由宦官充任。望乡台：在成都北，相传为隋代蜀王杨秀所建。杜甫任严武幕僚时，曾随其在望乡台一道迎接中使。

4　主恩：皇恩，严武曾幸蒙皇恩而受到重用。三持节：谓严武三次持节出镇蜀地。上元元年（760），武由巴州刺史迁东川节度使；二年十二月，迁成都尹兼剑南节度使；广德二年春，再拜成都尹兼剑南节度使。故曰“三持节”。节，符节，官员出使时，持以为信。

5 赞美严武治军有方，军令分明，功勋卓著，捷报频传。数举杯，数次举杯祝捷。广德二年九月，严武破吐蕃七万众，拔当狗城；十月，拔吐蕃盐川城；永泰元年，严武以崔旰为汉州刺史，使将兵击吐蕃于西山，连拔其数城，攘地数百里，故曰“数举杯”。

6 “西蜀”二句：是说这天设地造、险甲天下的西蜀重地，要想固若金汤，必须仰仗像严武这样足以扶倾定危的不凡将才。

秋兴八首(选三)

其　一

玉露凋伤枫树林，巫山巫峡气萧森[1]。
江间波浪兼天涌，塞上风云接地阴[2]。
丛菊两开他日泪，孤舟一系故园心[3]。
寒衣处处催刀尺，白帝城高急暮砧[4]。

大历元年(766)秋在夔州作。秋兴之兴，是感兴、发兴之意。杜甫漂泊多年，寓居夔州，往事历历，时萦胸臆。值兹秋日，见草木之凋谢、景物之萧森，触景伤情，引发了对长安的思念与回忆，写下了这组联章体七律。这组诗的内容，大致可分为两部分：第四首是过渡，前三首以咏夔州秋景为主而遥忆长安，夔州详而长安略；后五首以回忆长安为主而回应夔州，长安详而夔州略。八首是一个有机的整体，中心思想是“故国之思”。所思之情事，广泛而又具体，基本内容是，长安盛衰之变，个人遭遇之感。然国事多而己事少，体现了杜甫忧国忧乱、忠君爱国的一贯思想。《秋兴八首》是杜甫惨淡经营之作，艺术上堪称登峰造极。

第一首，是后七首的发端，自夔州秋景起兴，写面对三峡萧森景象而引起的羁旅怀乡之思。“故园心”三字，既是本诗主脑，亦是八诗枢纽。而末三字“急暮砧”，又唤起次章首句之“落日斜”，可见针线之密。

1　玉露：白露。萧森：萧瑟阴森。二句谓江峡之间，白露既下，凋伤枫林，殷红惨目，气象萧森。

2　江：长江。兼天：犹连天。塞：关隘险要之处，此指夔州。接地阴：指风云笼罩，地上阴暗。二句接上，极写巫山巫峡秋气萧森之状。

3　丛菊两开：即两见菊开，此是就去蜀时日而言。代宗永泰元年（765）五月，杜甫离开成都南下，秋居云安（今重庆云阳），是一见菊开也。大历元年暮春，自云安至夔州，至秋，是两见菊开也。他日：常指后日、来日，也可指往日、前日。这里是后者。他日泪：犹言往日泪，流了多年的眼泪。孤舟一系：由蜀至夔，是沿水路乘舟东下，一身系于孤舟，故云。故园心：思念长安的心情。长安是唐王朝的首都，也是杜甫的祖籍所在地。因此，在这里故园、故国是合二为一的。这两句里的“开”“系”都有双关义：开，是指花开，也是指泪下。系，是指身系孤舟，也是指心系故园。

4　“寒衣”二句：谓深秋时节家家都在为游子赶制寒衣，傍晚时分白帝城高处传来阵阵捣衣声，更触动漂泊者的怀乡之情。催刀尺，赶裁寒衣。砧，捣衣石。

其　二

夔府孤城落日斜[1]，每依北斗望京华[2]。
听猿实下三声泪，奉使虚随八月槎[3]。
画省香炉违伏枕[4]，山楼粉堞隐悲笳[5]。
请看石上藤萝月，已映洲前芦荻花[6]。

第二首写由日落到夜深诗人伫立遥望长安的情景。“望京华”，乃八章之旨，特于此章拈出，与首章“故园心”实一脉相承也。孤城落日、哀猿悲笳，是夔州眼前之景；而奉使虚随、画省香炉，乃思归感旧之情。“虚随”“伏枕”，感慨颇深。尾联通过写月光的移动，突现自己伫望之久、思京之切，一片报国之情，跃然纸上。

1　夔府：即夔州。贞观十四年（640）在夔州设都督府，故云。

2　此句是说常常依循北斗的位置而远望长安。每依，言夜夜如此。北斗，北斗七星。杜诗《月三首·其一》：“故园当北斗，直指照西秦。”《历历》：“巫峡西江外，秦城北斗边。”《哭王彭州抡》：“巫峡长云雨，秦城近斗杓。”北斗在北，长安亦在北，故依北斗而遥望长安，抒发羁旅思乡之情。

3　古有渔歌曰：“巴东三峡巫峡长，猿鸣三声泪沾裳。”上句出此。听猿堕泪，身历苦境始觉其真，故曰“实下”。本应作“听猿三声实下泪”，因拘于声律，变化为“实下三声泪”。八月槎：《博物志》载：“天河与海通，近世有人居海渚者，年年八月，有浮槎去来，不失期。”而《荆楚岁时记》引《博物志》则作“汉武帝令张骞穷河源，乘槎经月而去”云云。槎，木筏。杜诗乃借用二事。奉使：以严武比张骞，指严武奉命重镇蜀为剑南节度使。武荐甫为节度参谋、检校工部员外郎，原应有随之返京朝天之一日，但因武死而化为泡影，故曰“虚随”。

4　画省香炉：指昔日在京华任左拾遗时。画省，汉代指尚书省，此指门下省。杜甫为拾遗之左省虽为门下省，然汉代无门下省，古人诗文往往假古之官署与今之相当者为代称，唐代以尚书、门下、中书三省并称，故三省皆可仿尚书省之例而称画省。违伏枕：乃言因衰病伏枕而与画省香炉相违。实为婉辞，深寓感慨。违，违离。伏枕，指衰病。

5　山楼：指夔州城楼。粉堞（dié）：白色的女墙，借指城墙。隐悲笳：悲凉的胡笳声隐没于山城楼墙间。

6　“请看”二句：是写伫望沉思之久，可见恋阙情深。石上藤萝月，是指初升的月亮。已映洲前，是说月升中天。

其　六

瞿塘峡口曲江头，万里风烟接素秋[1]。

花萼夹城通御气[2]，芙蓉小苑入边愁[3]。

珠帘绣柱围黄鹄[4]，锦缆牙樯起白鸥[5]。
回首可怜歌舞地，秦中自古帝王州[6]。

第六首回忆曲江当年歌舞游宴之繁华。诗人在万里之外的瞿塘峡口，回想往日玄宗游幸曲江的盛况，自古帝王州的今昔盛衰变化，不禁感慨系之。

1 瞿塘峡：在夔州东，为三峡门户。曲江：为长安名胜之地。万里风烟：指夔州与长安相隔万里之遥。素秋：古人以秋属西方，其色白，故称素秋。此联高度浓缩：夔州与长安虽地悬万里，但一个“接”字联通时空，交织成苍远悲凉的艺术境界。此联既与第一首的“塞上风云接地阴”相呼应，又与颔联对句之“芙蓉小苑入边愁”一脉贯通，既写秋景之萧索凄凉，又深寓伤时念乱怀乡恋阙之悲。

2 花萼：即花萼相辉之楼，在长安南内兴庆宫西南隅。夹城：复道。唐玄宗先后于开元十四年（726）和开元二十年两次扩建兴庆宫，自大明宫沿长安东郭城经通化、春明、延兴三门，直至曲江、芙蓉园，修筑复道，两墙对起，以潜行往来，是为夹城。因系唐玄宗为游赏方便所修，故曰“通御气”。

3 芙蓉小苑：即芙蓉园。入边愁：传来边地战乱的消息。史载，安禄山反报至，唐玄宗在逃跑之前，曾登兴庆宫花萼楼置酒，四顾凄怆。边愁，指安禄山在边地叛乱而引起的忧愁。

4 珠帘绣柱：指曲江行宫别院之楼亭建筑，极写其富丽华美。黄鹄：即天鹅。因曲江宫殿林立，环绕水面，把黄鹄都包围其中了，故云“围黄鹄”。

5 锦缆牙樯：指曲江中装饰华美的游船。锦缆，彩丝做的船索。牙樯，用象牙装饰的桅杆。因曲江上舟楫往来不息，水鸟都被惊飞，故云“起白鸥”。

6 歌舞地：指曲江。曲江昔日为繁华的歌舞之地，可是如今屡遭兵燹，荒凉寂寞，真是不堪回首，故曰“可怜”。秦中：即关中，此借指长安。长安自古以来就是帝王建都所在，昔日歌舞地，今化为戎马场，意在告诫统治者勿耽于荒淫佚乐，宜自强自励。可怜、自古四字，正寓无限哀伤和感慨。

咏怀古迹五首(选三)

其　一

支离东北风尘际[1]，漂泊西南天地间[2]。
三峡楼台淹日月[3]，五溪衣服共云山[4]。
羯胡事主终无赖[5]，词客哀时且未还[6]。
庾信平生最萧瑟[7]，暮年诗赋动江关[8]。

这组诗为大历元年(766)在夔州作。诗借咏古迹以抒己怀,故题曰《咏怀古迹》,并非专咏古迹。五诗各自成篇,每篇各咏一人。第一首咏庾信,第二首咏宋玉,第三首咏王昭君,第四首咏刘备,第五首咏诸葛亮。

第一首以庾信自况。“词客哀时”四字,为全诗关键,前五句所以风尘漂泊,淹滞于三峡五溪者,皆由羯胡倡乱所致。而禄山之叛唐,犹侯景之叛梁;杜甫遭禄山之难,亦犹庾信值侯景之乱。杜甫支离东北,漂泊西南,赋诗哀时,亦犹庾信之羁留北朝,怀念故国而作《哀江南赋》。二人身世颇相类,一留江北而不得回江南,一滞江南而不能回江北,同病相怜,故后四句双管齐下,彼我兼举。前二句明自咏,暗咏庾信;后二句明咏庾信,暗自咏,实以庾信自比,感怀身世。

1 支离：犹流离。东北：指中原地区，与下“西南”相对。自蜀言之，中原则在东北。风尘：指战乱。际：适当其时。此句乃追忆安史乱时，自己在中原地区的流离生涯。

2 西南：指巴蜀。

3 三峡：通常指瞿塘峡、巫峡、西陵峡，此指夔州。楼台：泛指当地民居。淹：淹留，留滞。淹日月：言漂泊日久。

4 五溪：《水经注 · 沅水》：“武陵有五溪，谓雄溪、樠溪、无（一作“潕”）溪、西溪、辰溪……夹溪悉是蛮左所居，故谓此蛮五溪蛮也。……织绩木皮，染以草实，好五色衣，裁制皆有尾。”五溪在今湖南西部、贵州东部一带，位于夔州南。共云山：言与五溪蛮共处杂居。

5 羯胡：古匈奴族别部，此指安禄山，禄山父系出于羯胡。主：指唐玄宗。玄宗宠任安禄山，而禄山阳奉阴违，终致叛唐作乱，故曰“终无赖”。无赖：谓狡诈反复。羯胡：亦指侯景之乱。景降梁又叛梁，反复无常，《南史 · 贼臣传论》谓其“多行狡算”，“因机骋诈，肆行矫慝”。《梁书 · 侯景传》亦谓“肆其恣睢之心，成其篡盗之祸”，“方之羯贼，有逾其酷”。庾信恰值侯景之乱，故下及之。

6 词客：杜甫自谓，兼指庾信。未还：作者未得还故乡，庾信未得还故国。

7 庾信：字子山，初仕梁。侯景之乱，信奔江陵，在庾家故居

(江陵城北三里宋玉宅) 暂住。后出使西魏,被羁留北朝长达二十八年之久,官至车骑大将军、开府仪同三司。信仕北朝虽位望通显,但常有乡关之思,乃作《哀江南赋》以寄慨。庾信有二子一女死于侯景之乱,其父不久亦去世。在北朝家庭屡遭不幸,女儿和外孙又相继死去。晚年老病交加,景况凄凉,故曰“平生最萧瑟”。

8 庾信晚年由于环境的变化,创作由绮艳变为苍劲,代表作是《哀江南赋》和《拟咏怀》二十七首,故曰“暮年诗赋动江关”。动江关:谓其诗赋感人之深。杜甫《戏为六绝句》又谓“庾信文章老更成,凌云健笔意纵横”。江关,指江南,庾氏初仕之地。而杜甫身遭安史之乱,漂泊流落西南,犹庾信遭侯景乱,滞留江北。二人的诗风也都经历了一个“豪华落尽见真淳”的过程。此“动江关”语意双关。

其　三

群山万壑赴荆门[1],生长明妃尚有村[2]。
一去紫台连朔漠,独留青冢向黄昏[3]。
画图省识春风面,环珮空归夜月魂[4]。
千载琵琶作胡语,分明怨恨曲中论[5]。

第三首是五首中写得最好的。首联极有气势,表现了作者对昭君悲惨身世的深切悼念和无限同情。颔联十四字写尽昭君一生，文字极为精练，感慨却是无穷，把昭君生前死后的寂寞悲凉写得淋漓尽致。颈联既深刻地揭露了汉元帝的昏庸和淫威，又将昭君眷恋故国的痴情活现。末句“怨恨”二字，点明全诗主题，为千载之下一切怀才不遇之士痛洒一掬热泪。作者通首咏昭君，实际上是在抒己怀。王昭君是美女入宫而不见御，诗人是烈士怀忠而不见用。但诗人的感慨和爱憎全不直接写出，而是通过冷静的客观描写，让读者自己去领会、去体味。这正是杜甫的高超之处。

1　荆门：山名，在今湖北宜昌东南长江南岸。“赴”字用得极生动，把无生命的山川景物写得富有生命活力。

2　明妃：即王昭君，名嫱，汉元帝时宫人，远嫁匈奴呼韩邪单于。晋人避司马昭讳，改昭君为明君，故曰“明妃”。昭君村，在今湖北兴山南宝坪村，唐属归州。

3　紫台：即紫宫，天子所居，此指汉宫。朔漠：北方沙漠之地，指匈奴。青冢：王昭君墓，在今内蒙古自治区呼和浩特市南。“一去”“独留”，显得是那么寂寞孤独。“连朔漠”“向黄昏”，显得是那样空旷凄清。“紫台”和“青冢”形成鲜明的对比，而造成这悲剧的不正是那居住在“紫台”的主人吗？

4　画图：《西京杂记》卷二：“元帝后宫既多，不得常见，乃使画工图形，案图召幸之。诸宫人皆赂画工，多者十万，少者亦不减五万。独王嫱不肯，遂不得见。匈奴入朝求美人为阏氏，于是上案图以昭君行。及去，召见，貌为后宫第一，善应对，举止闲雅。帝悔之，而名籍已定，帝重信于外国，故不复更人。”省识：犹不识。案图召幸，自不能识人真面目。春风面：美丽面容。空归：魂归而身不得归，故云“空归”。“省识”与“空归”对文，又形成强烈的对比：“省识”见出汉元帝的暴戾恣睢、草菅人命；“空归”，显出王昭君的高尚情操、抱恨终身。

5 胡语：犹胡音。曲：指琴曲《昭君怨》。相传王昭君远嫁匈奴，心中不乐，乃作《怨旷思惟歌》，后人名为《昭君怨》，实不可信，当系后人伪托。二句意为千载以下，人们还分明从琵琶所奏的《昭君怨》一类歌曲中，听到昭君在诉说她那无穷的怨恨。

其　五

诸葛大名垂宇宙，宗臣遗像肃清高[1]。
三分割据纡筹策[2]，万古云霄一羽毛[3]。
伯仲之间见伊吕[4]，指挥若定失萧曹[5]。
运移汉祚终难复[6]，志决身歼军务劳[7]。

第五首专咏诸葛亮。“宗臣清高”四字，为一篇之纲。既盛赞其才品独超，又痛惜其生不逢时。天运难复，则非宗臣之能事所及；志决身歼，则非清高之节操不坚。宗臣清高如此，能不令人仰大名而瞻遗像，以叹其遭时不遇也哉！此亦《蜀相》所谓“出师未捷身先死，长使英雄泪满襟”意也。

1　宗臣：宗庙社稷之重臣。肃清高：言后人仰其清高而肃然起敬。

2　三分割据：指魏、蜀、吴三分天下而成鼎足之势。纡筹策：用尽心智为之计谋策划。

3　万古：犹言旷古。一：独也，特异之谓也。句谓诸葛亮乃旷古未有之奇才，犹如鸾凤高翔于云霄之上，不可企及。

4　伯仲之间：犹谓不相上下。伯仲，兄弟行。伊吕：指伊尹、吕尚，伊尹佐商汤，吕尚辅周文王、武王，都是开国元勋、历史名臣。句谓诸葛亮可与伊尹、吕尚比肩。

5　指挥若定：谓策划谋略若得实现则平定天下。失：犹“无”，掩没也。萧曹：萧何和曹参，皆为汉之开国元勋，所谓“一代之宗臣”。句谓倘若诸葛亮按计已定天下，则萧、曹之功业均不能与之相比，惜其早死未得实现。

6　运：国运，天运。祚：帝位。句谓国运转移，汉祚难复，诸葛亮辅佐刘氏恢复汉室的宏图终于不得实现。

7　志决身歼：即所谓“鞠躬尽瘁，死而后已”。

夜

露下天高秋气清，空山独夜旅魂惊[1]。
疏灯自照孤帆宿，新月犹悬双杵鸣[2]。
南菊再逢人卧病[3]，北书不至雁无情[4]。
步蟾倚杖看牛斗，银汉遥应接凤城[5]。

大历元年（766）秋在夔州作。题一作《秋夜客舍》。诗写秋夜旅情，字字精练，笔笔清拔，意境阔远，浑然无迹。遣词用意，都极似《秋兴八首》。

1 此二句谓空山无人，独处秋夜凄清之空山，令羁旅之人心惊。惊者，亦悲也。

2 疏灯：谓灯光暗淡。悬：指月悬。或谓杵声在空，故曰“悬”，亦可参。双杵：古人捣衣，对立执杵如舂米，故曰“双杵”。

3 南菊再逢：即两见菊开，是就去蜀而言。见《秋兴八首·其一》“丛菊两开他日泪”注。时杜甫患有疟疾、头风、耳聋、风痹、眼疾等多种疾病，故曰“卧病”。

4 北书：指北方长安、洛阳亲友故旧的书信。相传雁能传书，今北书不至，故曰“雁无情”。

5　步蟾：走廊。牛斗：二星宿名，在天河边。银汉：即天河。凤城：即凤凰城，此指京城长安。结联与《秋兴八首·其二》“夔府孤城落日斜，每依北斗望京华”意同。

阁夜[1]

岁暮阴阳催短景[2]，天涯霜雪霁寒宵[3]。
五更鼓角声悲壮[4]，三峡星河影动摇[5]。
野哭几家闻战伐[6]，夷歌数处起渔樵[7]。
卧龙跃马终黄土[8]，人事音书漫寂寥[9]。

大历元年(766)冬,寓居夔州西阁时作。诗写阁夜所见所闻景象,悲壮动人。首联起势警拔,颔联尤为壮阔,使人惊心动魄。由鼓角悲壮而联想到野哭战伐、渔樵夷歌,由阴阳代谢而感世变无常,友朋凋谢,人事寂寥,独身飘零。意中言外,怆然有无穷之思。起承转接,犹如神龙掉尾,浑化无迹。

1　阁:指西阁,故址在今重庆奉节白帝山上。唐大历元年(766)秋,杜甫移寓于此。

2　阴阳:犹日月。短景:冬天日短,故云"短景"。景,同"影"。

3　天涯:天边,此指夔州。霁:天晴,此指雪光明朗。

4　鼓角:更鼓和号角。《通典》卷149《兵二》:"军城及野营行军在外,日出日没时挝鼓三通。三百三十三槌为一通,鼓音止,角声动,吹十二声为一叠,角音止,鼓音动,如此三角三鼓,而昏明毕之。"五更鼓角:天将启晓。

5 三峡：指瞿塘峡、巫峡、西陵峡，西阁临瞿塘峡西口。星河：星辰和银河。

6 几家：一作“千家”。战伐：当指去年闰十月以来的崔旰之乱。

7 夷歌：指当地少数民族的歌曲。数处：一作“几处”。起渔樵：起于渔人樵夫之口。

8 卧龙：指诸葛亮。《三国志·蜀志·诸葛亮传》载徐庶谓刘备曰：“诸葛孔明者，卧龙也。”跃马：指公孙述。述曾据蜀称白帝。左思《蜀都赋》：“公孙跃马而称帝。”终黄土：指都死而同归黄土。诸葛亮和公孙述在夔州都有祠庙，夔州有白帝城，故联想及之。

9 人事：指交游。时杜甫好友郑虔、苏源明、李白、严武、高适都已去世。音书：指亲朋间的音信。寂寥：孤独寂寞。漫：漫然，有随他去、不管他之意。此句似自我解脱，实则愤激之词。

又呈吴郎

堂前扑枣任西邻[1]，无食无儿一妇人。
不为困穷宁有此？只缘恐惧转须亲[2]！
即防远客虽多事，便插疏篱却甚真[3]！
已诉征求贫到骨[4]，正思戎马泪盈巾[5]。

大历二年(767)秋作于夔州。杜甫的一位亲戚吴郎从忠州搬来夔州，他就把原住的瀼西草堂让给吴郎住。西邻是一位无食无儿的寡妇，杜甫住时，任凭这位贫妇扑食堂前之枣。而吴郎搬来后，却插篱防人扑枣，杜甫即写诗委婉劝说吴郎不要这样做。因前有《简吴郎司法》诗，故此题曰"又呈"。末联正揭示出征敛和战乱是造成民贫的原因。此诗语言浅显朴实，并且运用散文中常用的虚字来作转接。如"不为""只缘""已诉""正思"，以及"即""便""虽""却"等，因而能化呆板为活泼，既有律诗的形式美、音乐美，又有散文的灵动美，抑扬顿挫，耐人寻味。

1　堂：指瀼西草堂。扑枣：打枣。任：放任，听任。

2　宁有：怎有，哪会有。此：指扑枣。缘：因为。恐惧：指老妇害怕被人看见。转：改变态度。亲：待人和蔼。上句是代老妇设想，为其开脱；下句是杜甫一向对待老妇的态度，也希望吴郎这样做。

3 防：防备。远客：指吴郎。多事：多心，过虑。篱：篱笆。却甚真：却真像是拒绝老妇打枣一样。上句主语是老妇，下句主语是吴郎。这两句说得极其委婉，是希望吴郎能体谅老妇的苦处。

4 这句是说老妇人诉说过自己不堪赋税压榨的穷苦遭遇。征求，诛求，横征暴敛。贫到骨，犹一贫如洗、一无所有。

5 这句是说自己想到战事不停，不禁悲哀流泪。戎马，指战争。尾联是全诗主旨之所在，写造成西邻扑枣妇人贫困之原因，同时也隐含着诗人对贫民的同情、对战争的痛恨。

登　高

风急天高猿啸哀[1]，渚清沙白鸟飞回[2]。
无边落木萧萧下[3]，不尽长江滚滚来[4]。
万里悲秋常作客，百年多病独登台[5]。
艰难苦恨繁霜鬓[6]，潦倒新亭浊酒杯[7]。

大历二年(767)九月九日作于夔州。前四句登高所见，极写暮秋夔峡惊心动魄之景色；后四句登高所感，抒发老病漂泊之苦情。情景交融，浑然一体。语言精练而富变化，对仗工整且复自然。全诗八句皆对，首句即入韵。言简意丰，备极顿挫。前人誉为“古今七言律第一”。

1　猿啸哀：巫峡多猿，鸣声甚哀，所谓“巴东三峡巫峡长，猿鸣三声泪沾裳”。

2　渚：水中小洲。回：回旋。

3　落木：落叶。萧萧：风吹叶动之声。

4　滚滚：相继不绝，奔腾不息。

5　“万里”二句：从天地风物之大环境紧缩至孤身一人。万里，远离故乡，指夔州距长安遥远，回京无望。常作客，长期漂泊在外。百年，犹言一生。多病，杜甫患有疟疾、肺病、风痹、糖尿病、耳聋等多种疾病。独登台，时逢佳节，诸弟分散，好友先死，孤客夔州，举目无侣，故云。

6 艰难：一指个人生活多艰，一指国家世乱多难。苦恨：极恨。繁霜鬓：白发日多。

7 潦倒：犹衰颓，因多病故潦倒。新亭：最近方停。亭，通“停”。时杜甫因病戒酒。浊酒：混浊的酒，指劣酒。

观公孙大娘弟子舞剑器行并序[1]

大历二年十月十九日，夔府别驾元持宅[2]，见临颍李十二娘舞剑器[3]，壮其蔚跂[4]。问其所师。曰："余，公孙大娘弟子也。"开元三载，余尚童稚，记于郾城观公孙氏舞剑器浑脱[5]，浏漓顿挫[6]，独出冠时[7]。自高头宜春、梨园二伎坊内人[8]、洎外供奉[9]，晓是舞者[10]，圣文神武皇帝初[11]，公孙一人而已。玉貌锦衣[12]，况余白首[13]！今兹弟子[14]，亦匪盛颜[15]。既辨其由来[16]，知波澜莫二[17]，抚事感慨[18]，聊为剑器行。往者吴人张旭，善草书书帖[19]，数常于邺县见公孙大娘舞西河剑器[20]，自此草书长进，豪荡感激[21]，即公孙可知矣[22]！

昔有佳人公孙氏，一舞剑器动四方[23]。
观者如山色沮丧[24]，天地为之久低昂[25]。
㸌如羿射九日落[26]，矫如群帝骖龙翔[27]。
来如雷霆收震怒[28]，罢如江海凝清光[29]。
绛唇珠袖两寂寞[30]，晚有弟子传芬芳[31]。
临颍美人在白帝[32]，妙舞此曲神扬扬[33]。
与余问答既有以[34]，感时抚事增惋伤[35]。
先帝侍女八千人[36]，公孙剑器初第一[37]。
五十年间似反掌[38]，风尘澒洞昏王室[39]！

梨园弟子散如烟[40]，女乐余姿映寒日[41]。
金粟堆南木已拱[42]，瞿唐石城草萧瑟[43]。
玳筵急管曲复终，乐极哀来月东出[44]。
老夫不知其所往[45]，足茧荒山转愁疾[46]！

大历二年(767)十月,作于夔州。此诗前八句从各方面形容公孙氏舞剑器之“浏漓顿挫”“壮其蔚跂”,时而神奇可骇,时而高卑易位,时而如九日并落,时而如驾龙翔空,时而如雷霆过而响尚留,时而如江海澄而波乍息。接六句则见李氏舞而感怀,公孙已逝,李氏犹存,感慨万端,从而开启下六句盛衰之感及末六句聚散无常之慨。诗题是“观公孙大娘弟子舞剑器”,而诗与序却重点在写公孙大娘,实际上是在借乐舞的今昔对比,以揭示安史之乱前后五十年间治乱兴衰的历史变化,“举一剑器,可该万事”,容量极大,感慨极深,悲壮淋漓,沉郁顿挫,堪称绝妙好词!此诗小序,以诗为文,与诗互为补充,珠联璧合,相得益彰。

1　公孙大娘:是玄宗时代享有盛名的舞蹈家。剑器,唐健舞曲名,是一种戎装舞剑的武舞。

2　夔府:即夔州。别驾:州刺史的佐吏,因随刺史出巡时另乘传车,故称别驾。元持:人名,为元挹弟、元锡叔父,时为夔州别驾。

3　临颍：唐属许州颍川郡，故城在今河南临颍西北。

4　壮：激赏。蔚跂（qì）：光彩蔚然而雄健凌厉。

5　开元三载：三，一作“五”。郾（yǎn）城：亦属许州颍川郡，今属河南省。剑器浑脱：是“剑器”与“浑脱”两种舞的综合。

6　浏漓顿挫：形容舞姿妍妙活泼而富有节奏。

7　独出：独树一帜。冠时：在当时数第一。

8　高头：即前头。崔令钦《教坊记》：“妓女入宜春院，谓之‘内人’，亦曰‘前头人’——常在上（皇帝）前头也。”伎坊：即教坊。《教坊记》：“西京右教坊在光宅坊，左教坊在延政坊，右多善歌，左多工舞，盖相因成习。”《雍录》卷九：“开元二年正月，置教坊于蓬莱宫，上自教法曲，谓之‘梨园弟子’。……至天宝中，即东宫置宜春北苑，命宫女数百人为梨园弟子。”宜春、梨园设在宫禁内，是内教坊，亦可谓内供奉。

9　洎（jì）：及。外供奉：指设在宫禁外的左、右教坊，以及其他杂应官妓。

10　晓：精通。是舞：即前所谓“剑器浑脱”。

11　圣文神武皇帝：即玄宗。开元二十七年（739）二月，群臣上尊号曰开元圣文神武皇帝。此后，又于天宝元年（742）二月、七载五月、八载闰六月、十三载二月四次加尊号，均有“圣文神武”字样。

12　玉貌锦衣：指公孙大娘当时年轻貌美、衣着华贵。

13　白首：白发苍苍，指现在之作者自己。意谓那时“余尚童稚”，而公孙大娘已是妙龄女郎，而今我亦白首，更何况公孙大娘乎！

14　兹：这。弟子：指李十二娘。

15　匪：同“非”。盛颜：年轻之容貌。

16　辨：明白，弄清。由来：来历，指李十二娘舞艺的师承渊源。

17　波澜莫二：指李十二娘的舞蹈艺术风格，与公孙大娘一脉相承，没有两样。

18　抚事：追念往事。感慨：一作“慷慨”，指心情激动。

19　张旭：吴（今江苏苏州）人，唐代著名书法家，擅长草书，时有“草圣”之称。

20　数（shuò）：多次。邺县：唐属相州邺郡，在今河北临漳县。西河剑器：亦作“西河剑气”，也是“剑器”舞的一种。

21　豪荡感激：豪放跌宕，激动人心。

22　即：犹“则”。谓公孙大娘的舞蹈，能启发“草圣”张旭，使其书法艺术大进，那么她舞艺的高超则可想而知了。

23　动四方：轰动四方。

24　观者如山：形容人多，犹言人山人海。色沮丧：形容舞蹈之妙让观众眼花缭乱，惊心动魄，面为改色。

25　此句犹言天旋地转。

26　㸌（huò）：光芒闪烁貌，指舞的剑光。羿（yì）射九日：古代神话传说，尧时十日并出，庄稼草木都被晒死，尧就命后羿去射日，射落了九个。比喻舞姿光彩夺目。

27 此句摹写舞态矫健起伏。夏侯玄赋：“又如东方群帝兮，腾龙驾而翱翔。”

28 雷霆：形容击鼓声。收震怒：谓舞者在鼓声骤停时出场。

29 罢：结束。凝清光：以江海平静时水天一色的景象，来比喻舞蹈的停顿静止。清光，以水色喻剑光，谓舞终时剑光凝固，如江波澄息。以上四句，极言舞蹈之雄妙绝伦，有声有色，惊心动魄。

30 绛唇：红唇，指人。珠袖：指舞。两寂寞：谓公孙大娘人与舞俱亡。

31 弟子：指李十二娘。芬芳：香气，此指美妙的舞艺。

32 临颍美人：即李十二娘。白帝：白帝城，指夔州。

33 神扬扬：神采飞扬。

34 既有以：既有根由，即序中“辨其由来”之意。

35 时：时局，时势。事：即指这次观舞事。惋伤：惋惜，悲伤。

36 先帝：指玄宗。

37 初：始，当初。初第一：谓自始就推她第一。

38 五十年：从开元三年（715）郾城观舞到作此诗时之大历二年，凡五十余年，举成数而言。反掌：形容时间过得迅疾。

39 风尘澒洞（hòng tóng）：犹言天昏地暗，指安史之乱。

40 散如烟：像烟一样消散。安史之乱，京师乐工歌妓多流散各地，故云。

41　女乐：歌妓，舞女。余姿：容颜中衰，即《序》中所谓“亦匪盛颜”。时当十月，故曰“映寒日”。向秀《思旧赋序》：“于时日薄虞渊，寒冰凄然。”此正“映寒日”之所本，借以寄今昔沧桑之感慨。

42　金粟堆：即金粟山，在今陕西蒲城县，玄宗泰陵在焉。两臂合抱曰“拱”，玄宗以广德元年(763)三月葬泰陵，至大历二年已近五年，故曰“木已拱”。

43　瞿唐石城：指白帝城，依山石为城，下临瞿塘峡，故云。萧瑟：萧条冷落。

44　玳筵：以玳瑁装饰坐具之宴席，称玳筵，犹言盛筵，即指元持宅中的宴会。急管：急促的管乐声。曲复终：既指宴会结束，亦指李十二娘舞剑器结束。“复”字，照应序中所云开元三年观公孙大娘舞剑器之事。五十年前观公孙舞，正是开元盛世；五十年后，观公孙弟子舞，已是大乱之后，所谓“五十年间似反掌”，故云“乐极哀来”，遂寓无限感慨。

45　老夫：杜甫自谓。

46　足茧：足生胼胝，俗称膙(jiǎng)子。杜甫漂泊奔走，故足上生茧，行走不便。转愁疾：足茧行迟，反愁太疾，临去而不忍其去也。疾，速。

短歌行赠王郎司直[1]

王郎酒酣拔剑斫地歌莫哀[2]，
我能拔尔抑塞磊落之奇才[3]。
豫章翻风白日动，鲸鱼跋浪沧溟开[4]。
且脱佩剑休徘徊[5]！
西得诸侯棹锦水，欲向何门趿珠履[6]？
仲宣楼头春色深[7]，
青眼高歌望吾子，眼中之人吾老矣[8]！

大历三年（768）暮春在江陵（今湖北荆州）送别友人王郎作，抒发了怀才不遇的抑郁悲愤之情。全诗共十句，上下各五句，前五句押四平韵，劝慰王郎勿醉酣拔剑悲歌，以其有翻风跋浪之奇才；后五句押四仄韵，遥想王郎赴蜀干谒侯门之惨状，唯望知己遭逢，以慰我衰老之人。可谓气势突兀横绝，跌宕悲凉。

---

1 《短歌行》：古乐府曲名。王郎：不详何人。杜甫在成都作《戏赠友二首·其二》曰："元年建巳月，官有王司直。"当即此人。司直：官名，一在大理寺，一为东宫官属。

2 酒酣：半醉。斫（zhuó）：用刀斧砍。

3 拔：提拔，拔擢。抑塞：犹抑郁，谓才不得展。磊落：光明坦荡。

4 “豫章”二句：以大木、大鱼为喻，比王郎之才华过人，终当为世所用。豫章，大木，樟类。白日动，树大则风大，白日为之动。跋浪，犹乘浪。沧溟，即碧海。鲸掀巨浪，沧溟为之开。

5 脱：取下。徘徊：犹豫不决，指哀歌之态。既能翻风跋浪，奇才终当大用，何须拔剑悲歌耶？故曰“休徘徊”。

6 时王郎将西入蜀。诸侯：即指蜀中节镇。得：得其信任。锦水：即锦江，在成都。棹：划水行船。趿（tā）：进足撷取也。珠履：缀珠之鞋。《史记·春申君列传》：“春申君客三千余人，其上客皆蹑珠履以见赵使。”二句谓王郎西去成都干谒诸侯，将去做谁的上客呢？向何门，戒其谨慎择人。

7 此句点明送别之时、地。王粲，字仲宣，避乱荆州依刘表，曾作《登楼赋》，后人遂称其所登之楼为“仲宣楼”。

8 青眼：晋阮籍能为青白眼，待贤者以青眼，待不肖者以白眼。高歌：犹放歌。吾子：相亲之词，指王郎。望：望其得遇知己以施展奇才。眼中之人：指王郎。

江　汉

江汉思归客[1]，乾坤一腐儒[2]。
片云天共远，永夜月同孤[3]。
落日心犹壮，秋风病欲苏[4]。
古来存老马，不必取长途[5]。

大历三年(768)秋作。这年正月,杜甫由夔州出峡东下,秋,由江陵去公安。这一带长江因汉水汇入,故称江汉。诗中写江上行舟所见景象,以及引发的感慨,表达了诗人年迈而犹壮心不已的精神。此诗写景简约,情景交融,句句精警。

1　思归客:思归故乡的游子,作者自指。

2　乾坤:犹天地。腐儒:迂腐的儒者。

3　"片云"二句:慨叹自己像片云一样飘荡于远离故乡的天边,与孤月共度长夜。情虽凄苦,景却阔大,忧思深沉。永夜,长夜。

4　落日:比喻暮年,时作者五十七岁。心犹壮:壮心犹在,此即曹操《龟虽寿》"烈士暮年,壮心不已"意。病欲苏:病要好了。苏,苏活,指病愈。二句触景起兴,情景交融,意境阔大而豪壮。

5 “古来”二句，用老马识途的故事，说明自己还可以为国家做些贡献。《韩非子·说林》：“桓公伐孤竹，春往冬返，迷惑失道。管仲曰：‘老马之智可用也。’乃放老马而随之，遂得道。”二句谓老马不必求其长途奔驰，但其智可用。

登岳阳楼[1]

昔闻洞庭水[2]，今上岳阳楼。
吴楚东南坼[3]，乾坤日夜浮[4]。
亲朋无一字[5]，老病有孤舟[6]。
戎马关山北[7]，凭轩涕泗流[8]。

大历三年(768)岁暮作。诗人以年老多病之身,登上岳阳名楼,放眼五百里洞庭,自是感慨万千。故首联抚今追昔,正寓无限感慨。颔联极写洞庭浩瀚无际的壮阔景象,语虽雄浑豪健,但亦寓家国身世之感。故诗的下半自怜身世,举目无亲,老病孤舟,忧怀国事,戎马关山,涕泗横流,可谓泣尽继之以血,令人感叹嘘唏,不能自已,体现出杜甫忧国忧民的博大胸怀。明胡应麟誉为"盛唐五言律第一",清王士禛赞为"千古绝唱",实不为过。

1　岳阳楼:即岳州巴陵县(今湖南岳阳)城门西楼,俯瞰洞庭湖。

2　洞庭水:即洞庭湖。

3　坼(chè):分裂。大致说来,湖在楚之东、吴之南,中由湖水分开,故曰"坼"。

4 乾坤：指日月。《水经注·湘水》："（洞庭）湖水广圆五百余里，日月若出没于其中。"

5 字：指书信。

6 老病：杜甫时年五十七岁，身患多种疾病，故云。有孤舟：谓水上漂泊，只有以舟为家。

7 戎马：指战争。据史载，大历三年秋冬，吐蕃屡侵陇右、关中一带，京师戒严。因其地在岳阳西北，故曰"关山北"。

8 凭轩：倚楼上栏杆。涕泗：眼泪曰涕，鼻涕曰泗。涕泗流：犹言老泪纵横。

朱凤行[1]

君不见潇湘之山衡山高，山巅朱凤声嗷嗷[2]。
侧身长顾求其曹，翅垂口噤心劳劳[3]。
下愍百鸟在罗网，黄雀最小犹难逃[4]。
愿分竹实及蝼蚁，尽使鸱枭相怒号[5]。

大历四年（769）在湖南作。此诗杜甫以朱凤自喻，抒其孤栖失志犹不向恶势力低头之怀抱。在潇湘之间最高的衡山山巅，朱凤愁叹声声，引颈远望，依然难见同道，只有无言悄立、暗自神伤而已。前四句刻画出朱凤的生不逢时，孤独失意。而自身境遇艰难的朱凤，却依然有一颗博大的悲悯之心，看到百鸟陷在罗网之中，连最小的黄雀都难以逃脱，不免深自忧虑，愿把自己的竹实分给芸芸众生。这正是老杜一以贯之的仁者之心的流露。末句以不顾恶鸟之怒号作结，明言己之不惧怕恶势力。

1　朱凤：红色的凤凰。古人以凤为神鸟，称为鸟王，常以喻贤能之人。

2　潇、湘：湖南二水名，此泛指湖南。衡山：即五岳之一的南岳，在湖南境内，山有七十二峰，以祝融、天柱等五峰为最大。

嗷嗷：愁叹声。

3　长顾：引颈远望。曹：同群，同伙，同道。口噤：闭口不作声。劳劳：惆怅忧伤貌。二句谓朱凤生不遇时，孤独失意。

4　愍：同“悯”，怜恤。百鸟在罗网：喻老百姓处于水深火热之中。

5　竹实：竹子所结之实，又名竹米，传为凤凰所食。蝼蚁：蝼蛄和蚂蚁。鸱枭（chī xiāo）：即猫头鹰，古人认为是一种恶鸟。枭，又作“鸮”，比喻压迫平民百姓的贪官恶吏。

江南逢李龟年[1]

岐王宅里寻常见[2]，崔九堂前几度闻[3]。
正是江南好风景，落花时节又逢君[4]。

大历五年(770)春流寓潭州(今湖南长沙)时作。此为杜甫七绝名篇。诗写今昔盛衰之感、身世蹉跎之叹,大开大阖,言简意赅,寓慨深沉。前二句忆昔,后二句慨今。“寻常见”“几度闻”,言己与李龟年早就相识,且交情颇深。今老朋友久别重逢,又在山清水秀的江南,本应兴高采烈、喜不自胜才是,但是不然。“落花时节”,既是指落花纷纷的暮春时令,又寓有深广的社会内容,彼此的衰老飘零,社会的凋敝丧乱,都在其中。一个“又”字,绾合过去和现在,今昔五十年的盛衰变化尽在此一字中。昔盛今衰又见君,岂不令人感慨万千、潸然泪下!

---

1 李龟年:玄宗时著名歌唱家,安史乱后,流落江南。

2 岐王:玄宗之弟李范。岐王宅在东都洛阳尚善坊。寻常见:即经常见。

3 崔九:原注:“崔九,即殿中监崔涤,中书令湜之弟。”为玄宗宠臣。《旧唐书·崔涤传》载:“涤多辩智,善谐谑,素与玄宗款密。兄湜坐太平党诛,玄宗常思之,故待涤逾厚,用为秘书监，出入禁中，与诸王侍宴不让席，而坐或在宁王之上。后赐名澄。”李范和崔涤都卒于开元十四年（726）。

4 落花时节：指暮春。君：指李龟年。